Galgenbusch 1945

Für Georg Schmahl

Andreas
Wagner

Galgenbusch

1945 Erzählung

LEINPFAD
VERLAG

Umschlag: kosa-design, Ingelheim, unter Verwendung einer Karte der U.S. Army © U.S. Federal Government public domain
Layout: Leinpfad Verlag, Ingelheim
Druck: wolf print, Ingelheim

Leinpfad Verlag, Leinpfad 5, 55218 Ingelheim,
Tel. 06132/8369, Fax: 896951
E-Mail: info@leinpfadverlag.de
www.leinpfadverlag.com

ISBN 978-3-942291-99-6

Eins

Es war die Freude am Töten in diesen wirren Zeiten. Die Freude, jemanden leiden zu sehen, ohne dafür bestraft zu werden. Ein paar Tage vielleicht noch, bis das vorbei war. So lange musste er es noch ein wenig genießen. Wie gestern und vorgestern. Er seufzte mehrmals. Es drückte schwer auf seine Brust. Ein Gefühl der Trauer tief in ihm, weil das Ende absehbar war.

Seine Füße schmerzten. Zu viel hatten sie ertragen müssen in den letzten Tagen. Dreißig Kilometer in jeder Nacht. Tagsüber nur ein wenig angespannte Ruhe. Die Suche, um dann in der Dämmerung mit ein paar schnellen Schritten da zu sein. Diese Entspannung, die so guttat und die die Mühen fast vergessen machte. Es konnte gut noch ein wenig so weitergehen.

Das Quietschen des Tores holte ihn aus seinen Gedanken. Sie war vielleicht zwanzig. Heute Morgen hatte er sie schon im Garten beobachtet, als sie die Hühner rausgelassen hatte. Es war klar, dass sie sie abends auch wieder einfangen würde. Vorsichtig schob er sich durch die Büsche hindurch nach vorne. Die Anspannung wuchs in ihm. Sie waren alle so sorglos, weil sie mit ihren Gedanken ganz woanders waren. Unsicherheit vor dem, was auf sie zurollte. Er hörte sein tiefes gleichmäßiges Schnaufen. Und spürte, dass er jetzt bereit war.

Zwei

Alles war mit der Kugel ausgelöscht worden, dem heißen Metall oben in seinem Schädel. Einem so harten Schädel, in den sie doch wie in Butter eingedrungen war. Georg Limbach konnte die Stelle fühlen. Eine kleine vernarbte Erhebung über seinem linken Ohr. Da war sie rein. Wenn er die harte Haut rieb, kribbelte es in seinem Magen. Das tat gut. Die Kugel wollte geliebt werden, seine Kugel in seinem Kopf.

Ein gutes Gefühl, das Wärme tief drinnen in seinem Bauch erzeugte. Hitze zwischen den Därmen, die von da ausstrahlte nach oben in seinen Brustkorb hinein und das Kribbeln hervorrief, die kleinen feinen Nadelstiche, die auch weiter hinunter wanderten. Unter seinem brüchigen Ledergürtel hindurch in die fleckige graue Hose aus rauem Leinen, die er immer trug. Die Wärme dort unten war noch schöner. Sie schuf Leben zwischen seinen dürren Beinen. Raumgreifend. Der sanfte Druck gegen seine Hose, der sachte zunahm. Die rechte Hand hatte er frei, mit der Linken rieb er weiter die kleine vernarbte Stelle über seinem linken Ohr. Die Spitze seines Zeigefingers reichte aus. Sie konnte es am besten. Leichte kreisende Bewegungen durch die borstigen Stoppeln seiner kurz geschorenen Haare vollführte sie. Noch einen kleinen Moment weiter. Er schloss die Augen und summte Töne ohne Zusammenhang. Ein sonores Brummen, das er im Kopf spürte. Jetzt war auch der Stumpf seiner rechten Hand zu etwas zu gebrauchen. Die Granate hatte ihm vier Finger und den halben Daumen weggerissen. Gesehen hatte er sie noch aus dem Augenwinkel. Von rechts neben ihm kam sie, aus einem der vielen Krater, die sie dort in die Erde geschlagen hatten. Über die gesamte Ebene, hunderte Einschläge, manche so tief, dass man kaum mehr aus ihnen herauskam. Ein paar standen voller Wasser. In die sprang man besser nicht hinein. Eisige Kälte erwartete einen da drinnen. Kälte für ein paar Stunden, die einem die Bewegung raubte. Und aufgeschwemmte Leiber. Meistens mit dem Kopf nach unten, manchmal aber auch nicht. Dann grinsten sie ihn an. Aus weit aufgerissenen Augen und mit großen Zähnen. Er hatte es noch schnell genug aus seinem Loch herausgeschafft, sodass ihn die Wucht der Granate nicht voll traf. Sonst wäre es vorbei gewesen und er würde nicht mehr hier stehen. Sie waren längst eingeschlossen gewesen zu diesem Zeitpunkt, aber das konnte er ja nicht wissen. Vor der Granate wäre er trotzdem weggesprungen aus dem Loch heraus, wenigstens in das nächste oder übernächste.

Ein paar Hundert Meter weiter hatte der andere gelegen, auch in einem Loch und auf ihn gezielt. Der Stahl seines Helmes hatte die Kugel nur gebremst. Es war alles augenblicklich dunkel und still um ihn herum geworden. Unendlich still. Nicht ein Laut war mehr zu hören. So fühlte sich der Tod an. Kein Laut, kein Geruch, das Nichts. Er war heraus aus all dem und es war so schnell gegangen. Kaum Schmerzen hatte er gespürt. Ein paar Bilder nur waren geblieben von diesem einen Moment. Den Rest hatte die Kugel gelöscht.

Er lebt noch!

Mitnehmen?

Lohnt nicht!

Wir können ihn nicht liegen lassen!

Rauchen wir eine. Wenn er dann noch lebt, nehmen wir ihn halt mit. Wirst sehen, bis wir im Lager sind ist er hin.

Er hörte ihren Atem neben sich. Eine ganze Weile. Sie schwiegen. Dann luden sie ihn auf und schleppten ihn weg. Die vier Finger seiner rechten Hand und sein halber Daumen blieben in Russland. Die Kugel aber blieb in seinem Kopf.

Er schob den Stumpf in seine Hose und rieb sich zwischen den Beinen. Vorsichtig ließ er sich nach hinten ins Stroh sinken. Sein Atem ging jetzt schneller. Er schnaufte. Die Hühner waren zu hören. Sie scharrten und pickten unter ihm in der Scheune nach verirrten Körnern. Er lag ein paar Meter über ihnen auf dem Rücken. Es wurde draußen langsam dunkel. Zuckend kam er. Seine linke Hand wanderte über seinen Kopf zum anderen Ohr. Jedes Mal tastete sie dieselbe Stelle dort ab, wenn die Erleichterung da war. Sie suchte nach einer winzigen Öffnung oberhalb des Ohres. Einer Öffnung, aus der die Kugel endlich herauskonnte. Mit geschlossenen Augen blieb er im Stroh liegen.

Er hörte, wie sie schrie.

Drei

„Wann werden sie hier sein?" Sie schnitt dicke Scheiben Brot von einem großen Laib ab.

„Keine Ahnung. Aber lange kann es nicht mehr dauern."

Mit schweren Schritten ging Wilhelm Janz durch die Küche und zog den dunkelbraunen Vorhang zu. Jetzt war es fast Nacht in dem kleinen Raum. Zwei Kerzen auf dem Küchentisch spendeten wenig flackerndes Licht. Er ließ sich stöhnend auf der Bank nieder und schob seine Beine unter den Tisch. Zwei Teller und zwei Messer, Gläser und ein Krug standen bereit. Sie stellte den Brotkorb dazu und machte sich dann auf der Anrichte an einem Schinken zu schaffen.

„Einer hängt noch oben." Sie drehte sich kurz zu ihm um.

Er nickte.

„Sollten wir das Schwein nicht besser schlachten, bevor sie kommen?" Er schwieg dazu. „Wenn sie die Sau im Kohlenkeller finden, nehmen sie sie bestimmt mit. Zerlegt lässt sich das Fleisch besser verstecken. Wie wir das bei der anderen auch gemacht haben."

„Aber es ist doch noch gar nichts dran an dem Tier. Haut und Knochen, mehr nicht."

Er schüttelte den Kopf und langte nach dem Krug. Zwei Fässer Wein lagen noch hinten im Keller unter der Scheune. Ein roter 43er und ein weißer vom letzten Herbst. Zweitausendvierhundert Liter, die erfasst waren und mit denen er nichts anfangen konnte. Ab und zu holte er sich einen Krug aus einem der Fässer. So ein Liter fiel ja nicht groß auf und zur Not konnte er das Fass mit Wasser auffüllen. Wenn jetzt die Amerikaner kämen, wäre das alles wieder frei. Ein ordentlicher Wert, solange sie die Fässer nicht fanden. Das war es, was ihm Kopfzerbrechen bereitete. Im Kohlenkeller direkt unter ihnen hielten sie nicht nur ein Schwein. Dort lag auch ein altes Halbstück. Von den ehemals sechshundert Litern waren vielleicht noch zweihundert übrig.

Den Rest hatte er über den Winter getauscht für alles, was sie so gebrauchen konnten. Und für das, was seine Frau ihrer Verwandtschaft aus der Stadt abgeschwatzt hatte. Den dicken Teppich im Wohnzimmer und die goldene Kette. Ein Dutzend Eier und ein glänzendes Stück Schweineschwarte hatten sie noch dazugegeben. Für den nächsten Besuch hatte sie sich zwei große Bilder im Goldrahmen bestellt. Dunkle Landschaften in Öl, die sie in der Stube aufhängen wollte. Dann sieht es auch bei uns mal nach etwas mehr aus. Das Halbstück konnte er mit dem Wein aus dem Keller auffüllen. Dann besaßen sie zumindest wieder sechshundert Liter zum Tauschen. Der Rest würde sich schwer verstecken lassen. Die anderen kleinen Holzfässer, die er noch besaß, waren mittlerweile zusammengefallen. Sie dienten höchstens noch als Brennholz.

„Ich habe vorhin zwei Soldaten gesehen."

Sie drehte sich zu ihm um und sah ihn aus großen alten Augen an. „Wo?"

„Hinter der Scheune. Ich habe zuerst nur die Stimmen gehört, als ich die Hühner einfangen wollte. Ich dachte, dass sich da einer am Scheunentürchen zu schaffen macht. Der Hunger lässt sie doch alle zu Räubern werden. Ich bin leise die Leiter auf die Tenne hoch und habe oben aus der Luke rausgeschaut. Hinten im Garten saßen sie. Ganz nahe an der Scheunenwand, damit man sie vom Weg aus nicht sehen konnte." Er hielt kurz inne. „Ich glaube, sie sind desertiert."

„Und wenn sie sie bei uns finden? Dann geht es uns auch an den Kragen." Ihre Stimme zitterte.

„Die sind morgen früh weg, ganz bestimmt."

„Und wenn sie uns die Scheune anzünden?" Ihre Augen waren weit aufgerissen. Graue dünne Haare standen zu beiden Seiten ab. Fast wie irre sah sie ihn jetzt an. Das Messer hielt sie in der Rechten. Ihre Hand war weiß, so fest drückte sie den Schaft. Ihre Unterlippe zitterte.

„Du bist verrückt. Sie suchen alle das Weite, weg nach Hause, bevor es zu spät ist. Die sind doch nicht lebensmüde und legen die Scheune in Brand."

Das schien sie zu beruhigen. Sie drehte sich wieder zur Anrichte hin und schnitt eine weitere Scheibe Schinken herunter.

„Wie ergeht es bloß unseren beiden Jungs? Wenn das doch schon alles vorbei wäre und sie wieder hier." Sie flüsterte fast.

„Lass uns essen. Ich bin müde."

Er wusste, dass sie nicht wiederkommen würden. Seit ein paar Monaten schon. Mit jedem Kilometer, den die Amerikaner näher rückten, kam auch der Moment näher, in dem er es ihr sagen musste. Mit den rauen Händen rieb er sich die brennenden Augen.

Vier

Er hatte sich bemüht, die Haustür lautlos zuzumachen. Aber wirklich gelungen war ihm das nicht. Sie hatte deutlich gehört, wie ihm die Klinke aus der Hand gerutscht war. Bestimmt hatte er wieder leise vor sich hin geflucht, in diesem zischelnden Tonfall, den er auch gerne ihr gegenüber anschlug. Seine kurzen knappen Befehle. *Mach das, tu dies, warst auch schon schneller beim Melken.*

Sie würde ihn nicht fragen, wo er so spät noch hergekommen war. Wahrscheinlich hatte er wieder einen glühenden Kopf und stank nach Schnaps. Das war schon Erklärung genug. Aus seiner großporigen Haut dampfte es heraus. Der Gestank nach schlechtem Selbstgebrannten. Schlimmer war nur noch das, was aus seinem Mund kam. Dort mischte sich der Alkohol mit Zwiebeln, trockenem Fleisch und billigem Tabak. Sie konnte es jetzt schon fast riechen, obwohl sie im Bett lag und er noch unten herumhantierte. Wahrscheinlich versuchte er, ungelenk seine schweren Schuhe auszuziehen. Sein Gewicht und der Suff machten ihm mal wieder den Alltag schwer. Gerne würde sie ihn jetzt still beobachten, ohne dass er sie sehen konnte. Das unbeholfene kleine Kind auf der unteren Stufe der Eichentreppe. Wankend im Kampf mit den gut verknoteten Schnürsenkeln, die seine ausgetretenen Stiefel wie Fußfesseln an ihm hielten. Unfähig, sich aus der Gefangenschaft zu befreien, die er sich selbst eingebrockt hatte. Stramm sollten sie sitzen, die Stiefel. Mit reichlich schwarzer Schuhwichse auf Hochglanz poliert, schnürte er sie straff, um seine massigen Unterschenkel in Form zu zwingen. Albern sah er doch damit aus, wie eine schlechte Göring-Karikatur. Die braune Uniform des Ortsbauernführers passte dazu, nur die Orden fehlten ihm. Die würde er auch ganz sicher nicht mehr bekommen. Dazu war er viel zu feige, er, Heinrich Mengel, ihr Mann. Um die Einberufung hatte er sich schon erfolgreich gedrückt, mithilfe des Kreisleiters und einem alten Leiden, das ihn untauglich für den Dienst an der Waffe machte. Und um den Endkampf würde er sicher auch irgendwie herumkommen. Aber aus dem, was dann kam, würde er sich nicht so einfach herauswinden können. Das war zu viel. Zu viel, wofür er verantwortlich gewesen war. Die Äcker und Weinberge vom Wies hatte er sich unter den Nagel gerissen, nachdem sie den Sohn halb totgeschlagen und ins Konzentrationslager verfrachtet hatten, wo er dann wenige Tage später gestorben war.

Zwölf Jahre war das her, aber alle hier im Dorf wussten es noch. Sie wussten, dass der Vater sich aus Kummer über den Tod des Sohnes aufgehängt hatte. Und von denen, die das zu verantworten hatten, war ihr Heinrich der Einzige, der noch greifbar war. Sie fror bei dem Gedanken. Sie würden ihn holen, herauszerren aus dem Haus und unter den gaffenden Blicken der Nachbarn abführen. Die anderen, die damals dabei gewesen waren im März 1933, standen an der Front oder lagen längst in Russland begraben. Ihr ganzer Hass würde sich also auf ihn alleine richten. Ihr Körper schüttelte sich leicht bei diesem Gedanken. Sollten sie ihn doch holen! Sie war froh, wenn das alles vorbei war. Es musste nur so vorbeigehen, dass sie heil davonkam. Sie musste im rechten Moment verschwinden, für ein paar Tage nur. Sie hatte nichts verbrochen, allein er und seine Kumpane waren es gewesen.

Der Kohlenkeller vom alten Janz! Das war es. Sie spürte, wie ihr Herz fester schlug und eine zarte Wärme aus ihrem Inneren das Frösteln vertrieb. Der Wilhelm Janz und seine Frau hielten im Kohlenkeller ein Schwein. Sie bekam es mit, wenn Gretel Janz die Kellertreppe aufzog und nach unten ging. Immer kurz vor zwölf und abends noch mal, um das Schwein zu füttern. Wenn sie in ihrer eigenen Küche stand, konnte sie das gedämpfte Grunzen des Tieres sogar hören. Der alte Janz würde sie deswegen für ein paar Tage im Kohlenkeller versteckt halten müssen, bis das alles vorbei war. Gleich morgen wollte sie ihm das klarmachen. Es war noch nicht zu spät. Gar nicht zu spät. Es war genau der richtige Zeitpunkt dafür. Morgens stand er immer auf der Straße, um den Frauen nachzusehen, die unterwegs waren. Sie atmete zufrieden aus. Sie hatte es immer gehasst, dass die Häuser hier so eng zusammenstanden. Sie lehnten aneinander, stützten sich. Die Wohnhäuser vorne, dicht an der Straße in einer Reihe, die Ställe links und rechts anschließend und hinten die Scheunen mit den kleinen Gewölbekellern als steinerne Grenze. Danach kamen die Gärten, der kleine Wall ums Dorf und dann die Felder. Jeder war für sich abgeschlossen, aber doch so nahe am anderen, dass man sich hören konnte. Manchmal nur das dumpfe Poltern Küche an Küche, allzu oft aber auch die lauten Stimmen, Schreie und das Gekreische. Diese Nähe zwang sie dazu, im eigenen Hof zu flüstern. Sie wollte nicht gehört werden von denen, dem Janz mit seiner irren Frau auf der einen und dem Georg Limbach mit seiner alten Mutter auf der anderen Seite. Die hörte zwar nichts mehr, aber der Halbe-Schorsch, wie sie ihn alle nannten, war ihr unheimlich, seit sie ihm in Russland eine Kugel in den Kopf geschossen hatten. Nur eine Hälfte war aus dem

Krieg zurückgekommen. Eine Hälfte seines Körpers und auch nur eine Hälfte seines Verstandes. Der Sabber lief ihm aus dem Maul wie einem Säugling und ständig rieb er sich den Kopf. Wie ein räudiger Köter streunte er humpelnd den ganzen Tag herum. Ganz leise, als ob er sich anschleichen würde und nur den rechten Moment abwartete. Ein paar unverständliche Laute spuckte er heraus, wenn man ihn erwischte, um dann mit großen Sprüngen das Weite zu suchen.

Sie glaubte, den Gestank aus Heinrichs Mund jetzt deutlicher riechen zu können, obwohl es ganz still da draußen war. Ein Vorgeschmack auf das, was sie gleich noch erwartete, wenn er neben ihr lag. Schnaps, Zwiebeln und Tabak aus seinem fauligen Maul, mit dem er sich in ihrem Nacken einen Weg durch die Haare bahnte, während seine Hände einen Weg suchten, ihre Brüste zu ertasten.

Vielleicht war es ja das letzte Mal.

Fünf

Sie war so weiß. Fast leuchtete sie im zarten Schleier des Morgenlichtes. Er ging ganz langsam um den mächtigen alten Baum herum, ohne den Blick von ihr zu lassen. Vorsichtig setzte er den Fuß behutsam auf. Tastend schob er sich kleine Schrittchen weiter. Wenn ihm dürre Äste in die Quere kamen, suchte er mit seinem Fuß so lange weiter, bis er eine geeignetere Stelle gefunden hatte, die seinen Körper geräuschlos tragen würde. Sie sollte bloß nicht erschrecken! Wenn sie auffuhr, verlor sie ganz gewiss das Gleichgewicht, ihren sicheren Halt und stürzte in die Tiefe. Das würde ihr wehtun, wie gestern Abend auch und sie müsste dann wieder schreien. Lauter noch.

Georg Limbach griff nach dem festgeschnürten Bündel und tauchte seine Nase tief in den Stoff. Es roch so süß und so gut. Wie ein Kälbchen am Morgen nach der Geburt. Ein zarter Duft, ganz rein, voller Leben und doch hilflos alleine. Er schloss die Augen und atmete durch die Nase ein und aus. Das Bündel wurde größer und trug ihre Wärme in sich. Bald schon bot es genug Platz, damit er hineinkriechen konnte. Eine weiche Zuflucht mit ihrer Wärme und ihrem Duft.

Sie wollte das nicht, seine Nähe. Sie entglitt ihm, ganz langsam. Aber wie und wohin. Ihr Geruch schlich sich davon. Er hielt das Bündel mit beiden Armen fest umklammert. Sie musste so doch zu fassen sein. Seinen Kopf bewegte er unruhig hin und her. Schnaufend sog er Luft in sich hinein. Sich selbst roch er, sie aber kaum noch. Hektisch suchte seine Nase weiter, drang tiefer hinein in den weichen Stoff, aus dem sie verschwunden war.

Er riss die Augen auf. Sein Oberkörper zitterte. Sie war jetzt endgültig weg. Dampfend fuhr der Atem aus seinem geöffneten Mund. Von irgendwoher drang das heisere Krächzen eines Hahnes an sein Ohr. Er hob seinen Kopf und ließ das Bündel hinabsinken. Das war das Ende der Stille. Es wurde höchste Zeit, dass er wegkam von hier. Die Kugel in seinem Kopf brauchte Ruhe.

Sechs

„Hast du heute Nacht wieder den Sender gehört?" Seine Frau starrte ihn aus großen Augen an, als er in die Küche trat. Sie hatte ihr langes verwaschenes Nachthemd an, auf dem die rosafarbenen Blüten nur noch als schwache Schatten zu erahnen waren. Ihre hellbraune Strickjacke stand vorne offen. Die Hälfte der Knöpfe fehlte sowieso. Sie war damit beschäftigt, Kaffeeersatz zu überbrühen. Erst wenn der heiß und fertig auf dem Tisch stand, ging sie wieder hinauf und zog sich an. Er konnte dann in Ruhe mit dem Frühstück anfangen, während sie sich mit dem Rest des heißen Wassers aus dem Kessel oben wusch.

„Irgendwann holen sie dich deswegen ab. Die Mauern hier haben Ohren!" Ihr Blick hatte etwas durchdringend Drohendes. Vorsichtig goss sie dampfendes Wasser nach.

Janz ließ sich auf die Bank sinken, die seit über dreißig Jahren seinen Platz markierte, am Kopfende des Küchentisches, der mittlerweile für sie beide viel zu groß war. Sie setzte sich nachher an das andere Ende. Von da aus war es näher zur Anrichte, auf der sie noch Brot nachschnitt, wenn er eine zweite Scheibe haben wollte. Das machte sie, ohne weitere Aufforderung sofort, wenn er ein zweites Mal nach der Butter griff. Ihr Blick folgte dabei jeder seiner Bewegungen, um einschreiten zu können, wenn er sich zu viel nahm. *Die Butter kostet mich jedes Mal mehr Wein! Und ich brauche am Sonntag noch etwas für den Kuchen. Den willst du ohne Butter ganz sicher nicht haben!*

Jetzt war Gretel raus. Ihre Schritte waren draußen im Flur zu hören und gleich dumpfer auf der knarrenden Holztreppe hinauf. Wilhelm Janz atmete tief durch und griff nach der Kaffeekanne.

Die Amerikaner standen nicht mehr weit von hier. Er hatte recht gehabt. Ein paar Tage nur würde es noch dauern, bis sie hier waren. Die eigenen Soldaten desertierten in Massen. Weiße Fahnen sollten gehisst werden an den Häusern, dann würde nichts passieren. Keine Panzersperren errichtet. Die Ortschaften würden sonst in Schutt und Asche geschossen. Auf der ganzen Breite der Front war alles in Auflösung. Der Zusammenbruch, das Chaos. Es war so weit gekommen, wie es kommen musste. Zu viele Feinde und zu viele Fronten. Jetzt würden sie zu leiden haben.

Er war heute Morgen gleich nach hinten in den Garten gegangen, um nachzusehen, ob die flüchtigen Soldaten fort waren. Nur die Reste ihrer dünnen Zigaretten lagen noch in der geschützten Ecke auf der Rückseite der Scheune. Wahrscheinlich waren sie nicht einmal lange dort geblieben und im Schutz der Dunkelheit weitergezogen. Weiter weg von der Front, die herangewalzt kam und näher in Richtung Zuhause. Wenn es das noch gab. Im Osten waren die Russen schon in Oberschlesien und Westpreußen. Von beiden Seiten würden sie zermalmt werden in ein paar Tagen. Vielleicht waren es auch noch zwei oder drei Wochen, die sie ausharren mussten, aber kaum länger.

Das gleiche Schicksal, das auch ihre beiden Söhne getroffen hatte, wartete schon grinsend auf sie. Irgendwann musste Gretel es erfahren. Er wusste es seit Ende Januar. Beide waren sie im selben Panzerkorps gewesen. Im Elsass, auf dem Vormarsch, wie die Zeitung verkündete. Schnelle Raumgewinne, der Gegner konnte weit zurückgeworfen werden. Dann kam die Front ins Stocken. Aber neue frische Kräfte wurden ins Gefecht geführt. Ohne Feindeinwirkung nahm man wenig später die Front wieder ein Stück zurück. Hunderte Panzer und gepanzerte Fahrzeuge des Gegners waren im Laufe der Kampfhandlungen vernichtet worden.

Der Kamerad der beiden hatte an einem kalten Vormittag Ende Januar plötzlich hinter ihm gestanden, auf Heimaturlaub. Sie hatten sich gegenseitig das Versprechen abgenommen, den Eltern zu berichten, wenn es kaum noch Hoffnung gab. Ihre Einheit war aufgerieben worden. Unwahrscheinlich, dass sie noch lebten. Die Panzer hatten alle Volltreffer bekommen. Nur die Grenadiere hatten sich retten können, nicht die Besatzungen. Ein Großteil war in Gefangenschaft geraten, ihre Söhne wären nicht rechtzeitig aus den Panzern herausgekommen. Der Kamerad war mit einem stillen Nicken gegangen, noch bevor Gretel aus dem Hühnerstall zurück war.

Er hatte es ihr nicht sagen können. Nicht in diesem Moment und nicht bis heute. Sie glaubte noch immer daran, dass ihre Jungs zurückkamen, bald schon, nachdem dieser Krieg gewonnen war. Daran klammerte sie sich mit aller Kraft. Sie war immer eine stramme Braune gewesen, seine Frau, gegen die Juden. Wie ihr Vater auch schon. Ein Hetzer, der alte Bassmann. Weil sich der Viehhändler Goldsteiner nicht von ihm hatte hinters Licht führen lassen. Das Rind hatte er ihm gezeigt und es ihm dann per Handschlag verkauft. Als er es abholen wollte, zwei Wochen später, war es ein anderes. Das gleiche Braun zwar und auch das Muster sah ähnlich aus, aber doch viel dürrer. Gepoltert hatte er, der Alte, die Nachbarschaft zusammengebrüllt und den Juden Goldsteiner angeschrien. Das Geld bekäme er von ihm, auch wenn der das Rind jetzt nicht mehr haben wolle. Ein Handschlag unter Männern habe Gültigkeit, auch über eine Woche. Der Goldsteiner verabschiedete sich freundlich und leise wie immer. So hatte er sich auch ein paar Jahre später verabschiedet, als er mit seiner Familie nach Argentinien auswanderte. Im letzten Moment noch, als seine Enkelin nicht eingeschult wurde und bevor sie keinen mehr rausließen. Der konnte noch fast alles mitnehmen. Die Zurückgebliebenen sind dann ausgenommen worden. Zahlen mussten sie. Der Bassmann hat sich gefreut darüber. *Das haben sie nun davon. Nur den Goldsteiner haben sie ziehen lassen, obwohl der es vor allen verdient gehabt hätte. Mit meinem Geld hat der sich die Reise nach Argentinien bezahlt.* Kurz vor seinem Tod verbreitete er sogar, dass der Viehhändler ihm noch Geld schulde und sich nur deswegen aus dem Staub gemacht habe. Da nahm ihn aber schon keiner mehr ernst.

Wilhelm Janz hörte die stapfenden Schritte auf der Treppe, das Knarren des Holzes begleitete Gretel auf ihrem langsamen Weg hinunter. Schnell drückte er sein Messer noch einmal durch die weiche Butter. Er strich eine zweite Schicht über das Brot, das vor ihm auf dem Brettchen lag und verdeckte sie schnell unter roter Erdbeermarmelade.

Sieben

Elisabeth Mengel hatte schon dreimal ganz vorsichtig das kleine Türchen im großen Hoftor aufgeschoben und ihren Kopf hinausgestreckt. Jetzt war es kurz nach neun und der alte Janz stand noch immer nicht vor seinem Haus. Sonst konnte er nicht früh genug da sein. Schnell zog sie ihren Kopf wieder zurück und drückte das Türchen vorsichtig zu. Noch ein paar Minuten würde sie abwarten hier hinter dem Tor und dann erst das Korn für die Hühner schroten. Vielleicht war er ja doch schon in den Weinbergen wie ihr Mann auch. Mit der Arbeit kam der alte Janz kaum nach, seit die beiden Söhne weg waren. Und die waren auch schon nicht die Emsigsten gewesen. Wirklich viele Äcker und Weinberge besaßen sie gar nicht. Kleine Bauern nur. Trotzdem wurde der Janz mit dem Schneiden der Weinberge meistens erst Anfang April fertig, wenn alle anderen schon längst gebogen hatten. Immer war er einen Schritt hintendran. Weil er morgens nicht den Anfang fand. Das kam davon!

Der weiche Besen lehnte neben ihr am Hoftor. Sie hatte ihn bereitgestellt, um die Fensterbänke aus grauem Sandstein abzufegen. Ab und an machte sie das an einem Freitag, um draußen den einen oder anderen Plausch zu halten. Dabei achtete sie sonst darauf, dass der alte Janz verschwunden war. Normalerweise verzog er sich wieder nach einer halben Stunde, wenn er ein paar Hintern gesehen hatte. Das reichte ihm dann bis zum nächsten Morgen. Aber heute tauchte er nicht auf. Oder sie war zu spät dran gewesen. Weil der Heinrich wieder auf der Suche gewesen war. Und immer, wenn er suchte, schrie er nach ihr: *Lisbeth! LISBETH!* Heute Morgen waren es die dünnen Weidenruten gewesen, die sie im Winter am Fluss geschnitten hatten. Mit ihnen wurden die gebogenen Reben festgebunden. Er konnte sie nicht finden, obwohl die Bündel dort hingen, wo sie immer hingen, und das schon seit zwanzig Jahren. *Verdammt, warum hast du sie mir nicht zurechtgelegt! Du weißt doch, dass ich die brauche! Wenn ich nicht anfangen kann, werde ich auch nicht fertig.* Er brüllte sie noch immer an, obwohl sie direkt vor ihm auf dem Kopfsteinpflaster im Hof stand und ein Bündel in der Hand hielt. Gerne hätte sie es ihm in sein rotes Gesicht geschleudert. Es war nicht schlimm, dass er schrie und brüllte. Sollte er doch. Es machte ihr auch schon lange nichts mehr aus, dass er sie böse anzischte und dabei ihren Arm so fest drückte, dass ihr das Wasser in die Augen schoss. Sie konnte es nicht ertragen, dass es die anderen hörten. Jedes laute Wort ganz klar und deutlich, wie sie es auch von denen mitbekam. Die bekannten Stimmen, die glaubten für sich zu sein, nur weil sie keinen anderen sehen konnten, in diesem Moment. *Hier nimm das Weidenbündel!* Sie hatte geflüstert.

Sie hörte sein Hoftor knarren. Schnell langte sie nach dem Besen, zog auch ihr Türchen auf und trat nach draußen auf das schwarze, speckig glänzende Kopfsteinpflaster der Straße. Ihren Kopf hielt sie nach links gedreht, obwohl sie wusste, dass er nicht allzu weit rechts von ihr stehen musste. Es sollte auf keinen Fall so aussehen, als ob sie es darauf angelegt hatte, ihn zu treffen. Zufällig musste es wirken, so zufällig wie man sich eben als Nachbarn auf der Straße begegnen konnte. Sein kaum hörbares zufriedenes Schnalzen, das eher wie ein Schmatzen klang, bedeutete ihr, dass er sie jetzt gesehen haben musste. Sicher froh darüber, so schnell an diesem kühlen Morgen schon erfolgreich zu sein. Sie tat vorsichtshalber noch ein paar Schritte nach links an der Hauswand entlang und führte ihren Blick in Richtung der beiden Fenster, die zu dem kleinen Gesindezimmerchen gehörten. Ihr Haus war das einzige in der langen Reihe, dessen Hofeinfahrt überbaut war. Der untere Stock war dadurch zweigeteilt. Rechts der Durchfahrt ging es in ihren Teil des Hauses und nur dort führte auch eine Treppe nach oben. Links des Hoftores befand sich unten nur ein kleines Zimmerchen, das bis vor einigen Jahren ihrem letzten Knecht als Unterkunft gedient hatte. An die Fenster des seither leer stehenden Zimmers heftete sie ihren Blick noch für einen kurzen Moment. Erst dann drehte sie sich in die Richtung, in der sie den alten Janz vermutete.

„Ist es nicht zu zeitig für den Frühjahrsputz?" Der Alte grinste sie aus einem faltigen Gesicht mit wachen Augen an, die an ihr schnell auf und ab wanderten. Seine dünnen grauen Haare hatte er quer gekämmt und so über die kahle Stelle auf seinem Kopf gelegt, dass fast ein passabler Seitenscheitel zustande gekommen war. Leicht nach vorne gebeugt kam er auf sie zu. Zweimal hörte sie ihn schmatzen, bis er direkt vor ihr stand. Ihr gelang es gerade noch, den Besen eine halbe Armlänge vor sich zu postieren, um ihn ein wenig auf Abstand zu halten. Er suchte die körperliche Nähe zu allen, die einen Rock trugen. So redete das ganze Dorf über ihn, schon immer eigentlich. Kein Wunder, wenn man seine Frau kannte. Wenn sie mal auf der Straße zu sehen war, was nicht oft passierte, blickte sie einen wie irre an. Große weite Augen, die starrende Blicke aussandten. Selbst nachmittags erweckte es den Anschein, als sei sie gerade erst aufgestanden. Ihre weißen Haare trug sie zwar streng nach hinten gekämmt und kreisrund aufgerollt. Trotzdem gelang es ihr nie, alle einzufangen. Ein dünner Teil stand immer schwankend in alle Richtungen ab.

„Irgendwann muss man mal anfangen. Es macht sich nicht von alleine. Der Haushalt nicht und auch der Weinberg nicht. Braucht halt alles seine Zeit." Sie sah auf ihn hinunter. Der Janz war einen halben Kopf kleiner als sie. Er bewegte sich leicht hin und her, von einem auf den anderen Fuß und steuerte seine Blicke immer wieder auf ihre Brust.

„Ja, immer so weiter, jahrein, jahraus." Er hielt kurz inne und schob sich ein Stück näher an sie heran. Sie spürte seinen Druck auf ihrem Besen. Sie hielt dagegen, um die halbe Armlänge Abstand nicht aufgeben zu müssen. Mit gedämpfter Stimme sprach er weiter. „Wir werden es alle erleben, wie es weitergeht." Er suchte ihren Blick und starrte ihr direkt in die Augen. „Schwer werden die Zeiten, die da auf uns zukommen." Er nickte zur Unterstützung seiner eigenen Worte und schnaufte ihr ins Gesicht. Es roch nach rauchigem Schinken und Kaffeeersatz. „Und für manch einen werden sie besonders schwer." Er drückte sich noch fester an sie heran. So viel Kraft für einen alten Mann, dessen knochigen Brustkorb sie auf ihrem Handrücken spürte. „Die Feinde drängen im Osten und im Westen." Lauernd hielt er inne und sah ihr weiter direkt in die Augen. Der Druck auf ihre Hände ließ ein wenig nach. Dafür kam sein Gesicht näher. Der alte Janz schob sich langsam auf den Zehenspitzen in die Höhe, um ihren Blick einfangen zu können. Jetzt stand er ihr fast auf Augenhöhe gegenüber und grinste. „Aber unsere tapferen Soldaten werfen sich ihnen mutig entgegen."

Sie merkte, dass ihr der Schweiß lief. Unter ihren Armen. Und riechen konnte sie es auch. Ein süßlicher Geruch der Unsicherheit, den sie verströmte. Sie wich einen Schritt zurück, doch er ließ nicht von ihr ab und drängte nach. Was war es doch für eine verrückte Vorstellung gewesen, den alten Janz vor seinem Haus abzupassen. Ihn in die Enge zu treiben mit der Sau im Kohlenkeller, um damit heil über die nächsten Wochen zu kommen. Lauernd starrte er sie an. Er wartete auf eine Reaktion und vermaß ihre Gesichtszüge.

„Ich bete für Ihre beiden Söhne, dass sie heil wiederkommen."

Etwas Besseres fiel ihr in diesem Moment nicht ein. Sie merkte, wie sein Blick gefror. Er sank zusammen. Still nickte er ein paarmal.

„Wir warten, warten, warten." Er plapperte es vor sich hin.

Sie beugte sich ein wenig nach vorne.

„Es ist gut, wenn wir in diesen schweren Zeiten zusammenhalten." Sie zwang ihren Gesichtszügen ein verständnisvolles Lächeln auf. Schnell sah sie einmal kurz nach links die Straße hinunter, um den Worten, die sie danach flüstern wollte, noch mehr Bedeutung mit auf den Weg zu geben. Es sollte ihr kleines Geheimnis sein.

„Meinem Mann wird das Grunzen aus Ihrem kleinen Keller nicht zu Ohren kommen." Sie nickte ihm zu und richtete sich auf. „Dafür sorge ich schon." Mit dem Besen in der Hand verschwand sie durch das Hoftor. Sie war in diesem Moment wirklich sehr zufrieden mit sich.

Acht

Der Hase hatte aufgehört zu bluten. Mathilde Limbach bückte sich schwerfällig nach dem kleinen Messer, das sie heute Morgen schon mit dem Blechschüsselchen aus der Küche herausgebracht hatte. Mit einem lauten Stöhnen richtete sie sich wieder auf. Jedes Frühjahr machte es ihr schwerer und brachte neue Schmerzen. Sie spürte es nach dem Winter, nach jedem Winter, dass sie älter geworden war. Die vielen Arbeiten, die das Frühjahr mit sich brachte und die notwendig waren, um irgendwie über die Runden zu kommen. Es fiel ihr jetzt schon schwer Schritt zu halten, obwohl es doch allen gleich ging. Den meisten Frauen zumindest. Kaum Männer gab es noch im Dorf. Alle waren sie fort. Die wenigen, die noch hier waren, taugten kaum zu etwas. Wenn sie alt genug waren befürchteten ihre Mütter die Einberufung. Gut hatten es nur die, deren Söhne noch zu jung für den Krieg, aber schon kräftig genug für die Feldarbeit waren. Wenn der Krieg vorbei war und die Väter und Söhne zurückkamen, würde man den Unterschied schnell merken. Dort, wo der Verfall weiterging und dort wo er aufgehalten wurde. Fünfeinhalb lange Kriegsjahre schon blieb vieles einfach hängen. Man konnte es in jeder Straße sehen, der Krieg hatte seine Spuren hinterlassen im schleichenden Verfall. Nur notdürftig wurde repariert, was über den Winter kaputtging. In etliche Scheunen regnete es schon im zweiten Jahr hinein. In ihre auch. Oben im Giebel hatte der letzte kräftige Herbststurm gewütet und zwei große Löcher gerissen. Die Ziegel lagen bereit. Fein säuberlich hinten in der Scheune, schon seit

Jahren aufgeschichtet, um für Ausbesserungen zu dienen. Es war nur niemand da, der es machte. Jetzt nicht und nach dem Krieg auch nicht.

Sie setzte das geschärfte Messer kurz unterhalb der Hinterläufe an, an denen sie den Hasen am Scheunentor aufgehängt hatte. Viel Fleisch brachte er nicht. Er würde kläglich aussehen, wenn gleich noch das Fell abgezogen war. Dabei hatte sie nach dem kräftigsten von ihnen gegriffen. Der Rest, hinten in den kleinen Kisten, war gar nicht zu gebrauchen. Sie legten kaum Fett und Fleisch zu, als ob sie ahnten, was ihnen bevorstand. Immer der dickste verschwand und kam nicht wieder. Wahrscheinlich hatten sie das mittlerweile verstanden. Bloß nicht zulegen, wenn man am Leben bleiben wollte. Sie schnitt den Hasen vor sich der Länge nach auf. Für die Menschen galt das nicht. Die starben alle, egal ob dürr oder fett. Eher noch kamen sogar die Dicken davon. Sie schüttelte den Kopf, um eine brummende Fliege zu verscheuchen, die sich auf ihrer Nase niedergelassen hatte. Mit ihrem rechten Fuß schob sie vorsichtig das Blechschüsselchen ein kleines Stück zur Seite, um das jetzt wieder tropfende Blut aufzufangen. Der Mengel passte ins System. Er war fett und bisher immer davon gekommen. Als einziger Mann im richtigen Alter war der nicht eingezogen worden. Unabkömmlich an der Heimatfront als verdienter Nationalsozialist und alter Kämpfer der Partei. Gegründet hatte er sie hier im Dorf und an die Macht gebracht. Dabei hatte er kontinuierlich an Masse zugelegt, selbst in den Kriegsjahren. Je weniger es zu essen gab, umso mehr nahm er zu und brachte seine braune Uniform ihrer Belastungsgrenze nahe. Bücken durfte der sich damit nicht, wenn er sie auf der Straße spazieren trug.

Ihr Mann war schlank gewesen. Der Friedrich. Ein Jahr fast waren sie verheiratet, als er in Frankreich fiel. Im Herbst 1916. Seinen Sohn hatte er nur zweimal gesehen. Kurz nach der Geburt im April und bei seinem letzten Heimaturlaub Mitte August. Sie fuhr sich mit ihrem rechten Handrücken über die Augen, obwohl es schon lange keine Tränen mehr gab, die es wegzuwischen galt. Selbst wenn, würde sie hier in ihrem Hof keiner sehen. Vielleicht würden die Tränen sogar guttun. Ihr helfen konnten sie doch nicht. Es war recht so, dass sie nicht wieder geheiratet hatte, wie manch andere. Und es gab ja noch den Jungen, den sie aufzuziehen hatte. Ihren gemeinsamen Sohn, in dem der Friedrich weiterlebte, so ähnlich wie der Kleine ihm sah. Das letzte Mal geweint hatte sie, als er eingezogen wurde im August '39. Geschrien hatte sie, laut, bis sie nicht mehr konnte und die Stimme wegblieb. Ein heiseres Krächzen noch einen Moment und dann die wimmernde Stille. *Mutter, beruhige dich, ich passe auf mich auf und komme wieder.*

Friedrich hatte das auch gesagt. Im August '16. Ihr Sohn kam wieder. Immer wieder. Zuerst aus Polen, dann aus Frankreich. Und auch aus Russland. Er kam so oft wieder und sah dann so prächtig aus, dass sie das Weinen beim Abschied ganz vergaß. *Ich will nicht mutig sein, sondern nur heile bleiben.* Das sagte er ihr lächelnd, wenn sie auf die bunten Bänder und die Orden sah, die er auf seiner Brust trug. Und es war doch Stolz, den sie fühlte, obwohl sie ihn sich verbot.

Sie rutschte mit dem Messer ab und zerschnitt das Fell. Es wäre ohnehin nicht zu gebrauchen gewesen. Zu dünn, als dass es für mehr taugte. Spätestens beim Aufspannen wäre es auch zerrissen. Früher hatte der Abel Meyer die Felle der Hasen und Kaninchen gekauft. Ein alter ruhiger Jude, der gut und sofort dafür bezahlte. Er hat sie gereinigt und gegerbt, um Mützen daraus nähen zu lassen. Angeboten hat er ihr auch mal eine, aber sie setzte sich keinen Stallhasen auf den Kopf. Den Juden Meyer hatten sie durchs Dorf gejagt. Die SA und der Mengel bei ihrer eigenen Reichskristallnacht hier im Ort. Irgendwo ins Stroh hatte er sich in letzter Not gerettet und noch nachts seine Sachen gepackt, um in die Stadt zu gehen. Dort kannten sie ihn nicht. Die Frau vom Mengel lief danach mit einer Kaninchenfellmütze herum. Wie eine Trophäe trug sie sie eine Zeit lang sonntags spazieren. Eine Trophäe, die ihr Mann mit heimgebracht hatte und die doch nur aus dem Fell des eigenen Hasen bestand.

Ihr Sohn hatte für den Mengel die Hasen abgezogen. Immer, wenn der schlachtete, ging er zu ihm und half aus. Er war vorsichtig und doch so geschickt. Kein Fell ging ihm kaputt. Er musste es von seinem Vater haben, von ihr ganz bestimmt nicht.

Sie riss an dem Fell. Der Hase wandte sich unter ihrem Zerren. Wenn sie so weiterzog, hatte sie das Fell bestimmt gleich durchgerissen und dann war es mühsam, wieder einen Anfang zu finden. Sie ließ von ihm ab. Ihren Friedrich hatten die Granaten zerfetzt. Es war nichts von ihm zurückgekommen aus Frankreich. Und das, was von ihrem Sohn übrig geblieben war, hatte auch kaum noch Wert. Sie schnaufte. Ein Krüppel war er, der keinen klaren Gedanken fassen konnte. Meistens trieb er sich draußen in den Gärten oder auf den Feldern herum. Wie ein rastlos Suchender, kam spätabends heim, wenn es dunkel wurde, schlief unruhig, irrte herum, um dann morgens wieder mit dem Sonnenaufgang zu verschwinden. Ein unruhiger Geist, den die Kugel in seinem Kopf anzutreiben schien und der nicht wusste, wo er hingehörte.

Neun

„Wo willst du denn hin mit dem Messer?"

In Gretel Janz' Stimme klang zornige Schärfe mit. Sie zog die Hände aus der nassen Wärme des Spülbeckens und rieb sie sich an ihrer dunkelblauen Kittelschürze notdürftig trocken. „Wo willst du hin?" Sie schrie ihm nach, obwohl sie wusste, dass sie doch keine Antwort bekommen würde. Selten nur und wenn, dann mit einem Gesichtsausdruck, dem deutlich anzusehen war, welche Überwindung es ihn kostete. Er redete kaum hier drinnen. Nur draußen auf der Straße hörte sie ihn. Jeden Morgen. Auch heute, als er mit seiner Scheibe Brot fertig war. Dann erhob er sich. Nickte einmal kurz in ihre Richtung, ohne sie dabei wirklich anzusehen. Er zog sich die grüne Jacke über, die morgens schon griffbereit neben ihm auf der Küchenbank lag und machte sich auf den Weg. Fertig für den Weinberg oder das Feld, obwohl er sich doch erst auf die Straße stellte. Jeden Morgen für eine gute halbe Stunde. Sie sah immer auf die Küchenuhr, wenn sie das Knarren des Hoftores vernahm. Während sie die Tassen und Messer abwusch, konnte sie ihren Wilhelm draußen hören. Nicht was und mit wem er sprach. Das ließen die Mauern nicht zu. Aber sie erkannte seine Stimme. Worte und Sätze, die aus seinem Mund kamen und manchmal auch ein Lachen. Dann wieder Stille für ein paar Minuten, bevor die nächsten Laute bis zu ihr hereindrangen. Verzerrt zu einem Brummen fast durch die mächtigen gehauenen Kalksteinbrocken, aus denen die Häuser zur Straße hin errichtet waren. Gleichmäßige Melodien in unterschiedlichen Tonlagen, die durch kurze Pausen unterbrochen wurden. Ein abgehacktes Hin und Her manchmal. Das kaum hörbare Quietschen verriet, dass er zurückkam und das Türchen aufgeschoben hatte. Die Tür im großen Hoftor klang anders beim Hinausgehen als beim Hereinkommen. Und er klang auch anders, wenn er von der Straße zurückkam. Schnelle, leichte Schritte waren es, die sie hören konnte. Manchmal summte er eine kaum erkennbare Melodie dazu, die er durch seine Schneidezähne herauspresste. Er hatte sein Quantum Unterhaltung bekommen für den heutigen Tag. Ausreichend Worte, um dann wieder schweigen zu können.

Das spitze Quieken des Schweines aus dem Kohlenkeller riss sie aus ihren Gedanken.

„Wilhelm, wenn sie das mitbekommen!"

Zu leise waren diese Worte aus ihr herausgekommen. Dort unten konnte er sie doch nicht hören.

„Lass mir wenigstens Zeit, um heißes Wasser aufzustellen und Schüsseln zu holen."

Wieder war ein spitzer Ton aus dem Keller zu hören. Lauter noch als der erste. Sie lief los, so schnell es ihre alten Beine zuließen. Das Kellertürchen erreichte sie mit wenigen Schritten. Unter der Treppe im Flur ging es steil hinunter. Ein gutes Dutzend zur Mitte hin ausgetretener Sandsteinstufen. Sie wollte noch einmal laut nach ihm brüllen. *Wilhelm!* Das würden sie aber drüben hören. Ganz bestimmt. So wie sie sie auch hören konnte. Den Mengel, wenn er nach seiner nichtsnutzigen Frau schrie. Die Lisbeth hielt sich für etwas Besseres, weil er der Bauernführer und jetzt im Krieg auch der Bürgermeister war. Der einzige Mann im Dorf, der kein Greis oder Kind war. Das Gekreische vom Mengel konnte sie gut hören, wenn er im Hof herumbrüllte. Und sogar drinnen verstand sie noch manches Wort, wenn er direkt nebenan schrie. Sie hingegen hörte man nie, weil sie flüsterte. Draußen, drinnen, überall. Zischelnde Laute, die doch so falsch klangen aus ihrem Mund.

„Wilhelm, sie hören dich." Sie flüsterte das vor sich hin, während sie ihm mit hektischen Schritten Stufe für Stufe in den dunklen Keller hinterherlief. Ihre Augen gewöhnten sich nur langsam daran, mit dem wenigen Licht auszukommen, das durch das offen stehende Kellertürchen hier hinunterfand. Unten angekommen schlug sie bei dem Anblick, der sich ihr bot, die Hände vor den aufgerissenen Mund. Auf dem kohlenschwarzen Boden kniete er über dem Schwein. Es lag wild tretend auf der Seite, um sich von der drückenden Last zu befreien. Mit seinen Händen versuchte er, die Vorderbeine zu fassen und nach unten zu zwingen. Aus dem Hals des Tieres schoss Blut, das auf dem dunklen Boden gar nicht zu erkennen war. Erst jetzt sah sie an seinen Händen und den grünen Ärmeln seiner Feldjacke die blutigen Spuren des Kampfes. Schnell hatte sie sich so weit wieder gefangen, dass sie ihre Hände vom Mund nehmen konnte.

„Wilhelm, du versaust doch alles!"

Sie trat mehrmals hektisch vom einen auf den anderen Fuß. Unsicher, wie sie ihm helfen konnte. „Das schöne Blut!"

„Soll ich dir Licht machen?" Sie schnaufte aufgeregt. „So siehst du doch gar nichts. Du ruinierst alles." Ihre Stimme überschlug sich. „Sag mir doch warum!"

Schluchzend stieg sie wieder nach oben. Sie schob vorsichtshalber im Vorbeigehen den Riegel der Haustür zu. Sie brauchte nicht lange, um das Notwendigste zusammenzuraffen. Mit der Öllampe sowie einem Handtuch in der einen und der großen weißen Suppenschüssel in der anderen Hand kam sie die Treppen wieder hinunter. Ein mattes Licht, das seinen schwachen wackligen Schatten auf die Stirn des kleinen Holzfasses warf. Sie beugte sich zu ihm hinab und hielt ihm die Schüssel hin.

Das Schwein zuckte nur noch unter ihm. Starre Bewegungen, denen die Kraft schon fehlte. Es musste gleich vorbei sein.

„Lass es uns oben zerlegen, im Hof. Da ist mehr Licht und Platz. Hier unten ruinieren wir uns das wenige Fleisch."

„Wir bleiben hier unten!" Der Befehl war scharf aus seinem Mund gekommen. Sie sah ihn irritiert an. „Hol richtige Schüsseln und noch ein paar Tücher, das kleine scharfe Beil und den Wetzstein. Ich hänge sie derweil hier am Haken auf und lasse sie ausbluten."

Die dumpfen Schläge, die von oben in den Keller hereindrangen, schreckten sie auf. Es hämmerte an ihre Haustür. Beide sahen sie sich aus verstörten Augen an. Der Mengel! Seine Frau, das hintertriebene Biest. Er sah auf seine blutverschmierten Hände. Langsam schob sie sich in die Höhe. Sie zitterte am ganzen Körper, als sie ihm das Handtuch entgegenhielt. Wieder klopfte es oben. Harte Hiebe auf das Holz der schweren Haustür. Dumpf waren Rufe zu hören, die sie hier unten nicht verstanden. *Aufmachen! Sofort!* Sie glaubte es deutlich zu hören. Ihr Kopf diktierte die Silben, einzeln und gut zu vernehmen. Sie standen draußen. Ein Wunder, dass sie die Tür noch nicht eingetreten hatten. Zu massiv war die Eiche und zu fest im Rahmen verankert das alles. Am liebsten wäre sie hier stehen geblieben. Hier unten im feuchten Gewölbe. Der vom Kohlenstaub geschwärzten Höhle, in der es nicht einen einzigen Brocken Kohle mehr gab. Schon seit zwei Jahren nicht. Im Ofen verheizten sie das Holz der mächtigen Ulmen, die um den

Friedhof gestanden hatten. Es zischte im Feuer eine ganze Zeit, bevor es richtig anging. Zu nass war es noch, um sofort gut zu brennen. Erst vor ein paar Monaten geschlagen und kaum getrocknet. Die Hiebe auf den Türrahmen wurden fester. Er rieb sich mit dem Handtuch das Blut notdürftig von den Händen. Seine Beine leisteten erbitterten Widerstand. Starr und steif stand er wie angewurzelt da. Gretel war schon längst oben und schob das verzogen ächzende Kellertürchen zu.

Zehn

Ganz vorsichtig ließ er sich auf sie niedersinken. Sie war so weich und fühlte sich gut an. Tief sog er die Luft in sich hinein. Es war ihr Duft, den er jetzt riechen konnte. Klar und fein. Sie roch nach kleinen Blumen, wie er sie von den Zäunen gepflückt hatte. Lange vor dem Winter. Hier ließ sie ihn auch nicht alleine. Sie lag da, bei ihm, in seinem Zuhause, das jetzt auch das ihre geworden war. Zusammen würden sie bleiben für lange. Hier oben, wo sie keiner holen konnte. Nicht einmal zu sehen waren sie. Unsichtbar und verschwunden für alle anderen, solange sie selbst es wollten. Und sie beide wollten es. Das hatte sie ihm gesagt.

Er rieb seinen Oberkörper an ihr. Das Stroh stach ihn. Aber trotzdem tat es gut. Er krallte sich fest im Stroh, das unter ihm lag. Er musste nur aufpassen, dass die Soldaten ihn nicht fanden. Sie schlichen hier draußen vorbei. Und manchmal kamen sie sogar herein. Die Leiter hatte er deswegen hochgezogen. Mit einer Hand nur und noch der Linken, war das nicht einfach gewesen. Aber er war ja nicht blöde. Mit einer Hand konnte er die hölzerne Leiter nicht halten. Das Seil, das er zuerst über den Balken geschleudert und dann um seinen Bauch gebunden hatte, tat es. Wie ein schnaubender Ackergaul, der den Pflug hinter sich herzog, hatte er sich Schritt für Schritt vorangekämpft, bis die Leiter endlich oben war. Jetzt konnten die Soldaten wieder in die alte Feldscheuer kommen. So lange er ganz still lag, würden sie beide unentdeckt bleiben. Und nach kurzer Zeit waren die Soldaten immer wieder weg gewesen, egal ob es einer oder zwei waren.

Er hörte dem Atem zu, der leise aus seinem Mund strömte. Kaum ein Geräusch verursachte das und ihren Geruch trug er so nicht mit sich. Seine Nase drückte er jetzt tief in ihre Brust und atmete wieder ein. Das Stroh unter ihrer weißen Bluse stach ihn in die Backen. Es roch jetzt auch schon nach ihr. Nicht mehr lange und es würde hier oben überall so riechen. Nach ihr und dem Stroh, auf das er sie gelegt hatte.

Er kannte sie schon lange. So viel wusste er, und das spürte er auch, jetzt in diesem Moment. Aber er konnte sich beim besten Willen nicht mehr daran erinnern. Es war die Kugel, die das alles ausgelöscht hatte. Das Vorher, sodass nur noch das Nachher übrig geblieben war. Georg Limbach atmete sanft aus und schloss die Augen. Ganz leise schickte er summend eine Melodie nach oben in seinen Kopf.

Elf

Gretel Janz rannte. Es fiel ihr schwer, Schritt zu halten, mit der Mengel mitzukommen. Die kalte Luft schmerzte in ihrem Hals und tiefer in der Lunge. Jedes Mal, wenn sie gierig einatmete, schnappende Züge, die einen sanften pfeifenden Ton von sich gaben. Sie rannten durch ihre Scheune nach hinten. Die Hühner stoben heftig gackernd auseinander. Noch immer raste ihr Herz. Es schlug bebend in ihrer Brust und war kaum zur beruhigen. Unscharfe Bilder irrlichterten durch ihren heißen Schädel. Die blutverschmierten Hände ihres Mannes, der sie nicht ansah. Das letzte Zucken des sterbenden Schweines unter seinen Beinen. Das schwarze Blut, das sich mit dem Kohlenstaub verband. Im rhythmischen Takt ihres Herzschlags erklangen auch die Schläge wieder in ihrem Kopf. Die harten Hiebe einer Faust auf ihrer Haustür. *Schnell, heraus!* Unendlich lange hatte sie unter den trommelnden Schlägen gebraucht, um den Riegel zitternd aufzuschieben. *Aufmachen!* Heisere Schreie einer sich überschlagenden Stimme. *Aufmachen, sofort!* Und wieder. Obwohl der Riegel längst zur Seite geschoben war.

Das Entsetzen in den Augen der Mengel. Sie hatte es sofort gesehen, in dem Moment, als sie die Tür aufzog. Weit aufgerissene Augen und ein hektisch schnappender Mund, aus dem jetzt kein Laut mehr kam. Ihre Augen sahen das, was ihr Kopf noch nicht verstehen konnte. Er brauchte länger. Auch noch, als die Mengel schon wieder Worte spucken konnte. Einzelne Laute, die Worte waren, aber bei ihr selbst oben noch keinen Eingang fanden. Ihre Ohren nahmen sie wahr, doch weiter kamen sie vorerst nicht. *Die Lore vom Chaussee-Erwin! Das Mädchen im Kirschbaum! Wo ist dein Mann, der muss mit und helfen. Sie da runterholen! Wo ist er?*

Sie hatte nur den Kopf geschüttelt. In ihre vielen heiseren Worte. *Nein, nicht ihr Mann, nicht der Wilhelm.* Sie schüttelte wieder den Kopf und wieder. Heftig hin und her. Draußen im Weinberg hätte er sein müssen. Mit der linken Hand drückte sie feste gegen die Kellertür neben ihr. Doch zu war die schon längst. Die Mengel starrte auf ihre linke Hand, auf das Türchen. *Der Wilhelm, wir brauchen einen Mann, der mit hinkommt!* Sie wusste, dass er dort unten war. Ganz sicher wusste sie es. Das Quieken des Schweines hatte sie hören müssen. Seine spitzen Schreie im Todeskampf. So laut war es gewesen.

Sie hatte sich schützend vor das Kellertürchen geschoben und dann endlich etwas sagen können. *Der Wilhelm ist raus in den Weinberg, Reben schneiden in der Lösskuhle, noch nicht lange. Mit dem Fahrrad, der Rebschere und der kleinen Säge.* Danach hatte sie endlich abgelassen von ihr.

Sie rannte hinter ihr her. Durch die Scheune. Vorbei am Fahrrad ihres Mannes, das links an der Wand lehnte. Die kleine Säge, die er brauchte, um zu hoch gewachsene Rebstöcke zurückzuschneiden, hing am Lenker herunter. Sie glaubte für einen kurzen Moment, dass die Mengel ihre Schritte verlangsamte. *Gelogen hast du, wo ist dein Wilhelm? Hol ihn sofort!* Kein Ton kam. Es war nur die Luft, die sie laut ausstieß.

Ihren kahlen Garten ließen sie schnell hinter sich. Ein paar Wiesen schlossen sich noch an, bevor sie den alten Wall erreichten. Um das ganze Dorf zog der sich. Angelegt, um Schutz zu bieten, markierte er jetzt nur noch die Grenze zwischen den Gärten, die noch zur Ortschaft gehörten und den sich dahinter anschließenden Feldern. Auf dem Wall spielten oft die Kinder. Er bot ihnen ein wenig Aussicht ins weite Land. Zu den mächtigen Bäumen, die vereinzelt standen und die, zusammen mit den Feldscheunen, die große Weite unterbrachen. Die Frauen bestiegen den Wall, um nach ihren Männern Ausschau zu halten, wenn die wegen der Ernte über Mittag draußen blieben. Sie suchten von hier oben die fruchtbare und steinlose Ebene ab, um ihnen das Mittagessen bringen zu können. Dicke Suppe in einem Blechgeschirr und mit ein paar Handtüchern umwickelt, damit alles möglichst heiß draußen ankam. Eine Kanne mit kühlem Haustrunk war auch immer mit im Korb. Ein gut verdünnter Wein, der neue Kräfte weckte. In kleinen Gruppen zogen sie mit ihren Henkelkörben raus. Sie trafen sich immer, weil alle sich um zwölf auf den Weg machten und tauschten Neuigkeiten aus, alte zumeist und wenig wirklich neue. Lange war das schon her. Die meisten Männer waren schon viele Ernten fort und etliche lagen längst in fremder Erde begraben.

Den alten Kirschbaum konnte sie jetzt sehen. Er stand noch ein Stück weit hinter dem Wall, den er überragte. Ausladende Äste in alle Richtungen. Den größeren Jungs diente der mächtige Baum als Ort für ihre Mutproben. Wer von ihnen wagte sich bis ganz nach oben, um die letzten süßen Kirschen zu holen? Die Herausforderung bestand in der schwindelerregenden Höhe und der Gefahr des Entdecktwerdens gleichermaßen. Eine gehörige Tracht Prügel drohte dem, der sich erwischen ließ. Ihren Hannes hatte sie am Ohr bis nach Hause gezerrt. Ein feuerrotes Ohrläppchen hatte er danach für viele Stunden. Das sollte ihm eine Lehre sein und führte ganz sicher doch nur dazu, dass er beim Klettern noch mehr darauf achtete, bloß nicht noch mal gefasst zu werden.

Die anderen Frauen sah sie, als sie schwer atmend, den Wall erklommen hatten. Es waren nur ein paar steile Schritte hinauf, die aber trotzdem so viel Kraft kosteten. Sie standen da, ganz eng beieinander. Die Köpfe zusammengesteckt. Das Rauschen des Blutes in ihren Ohren lag über allem. In einem gleichmäßigen Takt schwoll es an, um dann wieder abzuebben. Das Rauschen blieb. Den Wall hinunter musste sie sich bremsen. Ihre Knie schmerzten und ein heftiges Stechen spürte sie jetzt auch in ihrem Brustkorb, tief drinnen. Für einen Moment nur kniff sie die Augen fest zusammen und riss sie dann wieder weit auf. Das tote Gras unter ihren Füßen und um sie herum verlor dadurch seine Farbe. Braun vom Winter, schimmerte es jetzt grau.

In einem Meer weißer Schneeglöckchen stand der Kirschbaum. Ein paar Frauen davor, deren Blick nach oben ging. Ein Schrei entfuhr ihr, noch bevor Gretel Janz die anderen erreicht hatte. Sie war nie besonders schön gewesen. Jetzt war sie weiß, wie die Schneeglöckchen um sie herum. Ein strahlendes, fleischiges Weiß, das fast leuchtete im Licht dieses späten Morgens. Auf halber Höhe zur Spitze lehnte sie mit dem Rücken am Stamm. Ihre Beine hingen auf beiden Seiten des Astes herab, auf dem sie saß. Sie war nackt und hatte die Augen geschlossen. Fast so, als ob sie schliefe. Ein friedlicher Schlaf, der Welt entkommen. Ein brauner Strick, der um ihren Bauch geschlungen war, hielt sie fest angelehnt an den Stamm. Ihr Kopf hing ganz leicht nach vorne über. Glatt lagen ihre schwarzen Haare, ordentlich gekämmt. Der gleichmäßig geflochtene Zopf fiel über ihre linke Brust. Ein schmales rotes Bändchen hielt die Enden zusammen. So friedlich saß sie da.

„Die vielen Raben", stammelte eine schluchzend neben ihr.

„Die vielen Raben. Ich wusste gleich, dass etwas passiert ist. Etwas Schlimmes."

„Wir müssen die Mutter suchen. Die Reinhild ist nicht zu Hause. Ich war eben schon bei ihr und habe am Hoftor geklopft. Sie wird draußen im Weinberg sein. Einer muss sie holen." Die Mengel gab den Ton an. „Und wir brauchen zwei Männer, die sie da runterschaffen, das arme Ding!" Niemand bewegte sich. Alle standen sie weiter da und starrten nach oben in den Kirschbaum. Sie hörte die alte Schuster-Mine neben sich flüstern. Kaum hörbar wisperte sie stockend langsam einzelne Worte.

„Der Herr ist mein Hirte, mir wird nichts mangeln. Er weidet mich auf grüner Aue und führet mich zum frischen Wasser."

Sie senkte auch den Kopf nach unten und schob ihre Hände ineinander. Leise flüsternd stimmte sie ein, die anderen folgten nach und nach ihrem Beispiel. Fünf Frauen in farbigen Schürzen im weißen Meer der Schneeglöckchen.

„Er erquicket meine Seele; er führet mich auf rechter Straße um seines Namens willen. Und ob ich schon wanderte im finstern Tal, fürchte ich kein Unglück; denn du bist bei mir, dein Stecken und dein Stab trösten mich. Du bereitest vor mir einen Tisch im Angesicht meiner Feinde. Du salbest mein Haupt mit Öl und schenkest mir voll ein. Gutes und Barmherzigkeit werden mir folgen mein Leben lang, und ich werde bleiben im Hause des Herrn immerdar."

Eine Weile standen sie noch still da. Es war das monotone Brummen über ihnen, das stetig anschwoll und auch den Boden unter ihren Füßen vibrieren ließ. Erst nur ganz leicht, dann intensiver, sodass sie es im ganzen Körper spüren konnte. Ihr Blick wanderte von ihren Händen nach oben in den blaugrauen

Nachmittagshimmel. Von Westen kamen sie ganz langsam auf sie zu. Kleinere bildeten den Anfang. Schwarzes Spielzeug über ihnen am Firmament. Dann in dunkel summendem Gleichklang ihre riesigen Bomber, die über sie hinwegzogen. Sie musste die Augen für einen Moment schließen. Die Helligkeit des Himmels blendete sie.

„Herr, steh uns bei!" Die geflüsterten Worte neben ihr wurden von krachenden Schlägen zerrissen. Im Tiefflug donnerten mehrere Maschinen direkt über sie. Sie hörte Schreie und rannte los, wie die anderen auch. Das metallische Rattern des Maschinengewehres trieb sie an, den Wall hinauf. Unter ihren Füßen bebte der Boden. Sie glaubte jeden Einschlag zu spüren, heftiger und lauter, sie verfolgend auf ihrem mühsamen Weg nach oben. Die anderen waren voraus. Sie konnte nicht mehr und fühlte dennoch keine Angst. Ihr Herz schlug gleichmäßig und entschieden in ihrer Brust. Sie war bereit für den Schmerz, den sie in jedem Moment erwartete. Mit jeder weiteren der schnellen Erschütterungen, die ihre Füße aufnahmen, rechnete sie auch mit dem eigenen Ende. Ein letzter schwerer Schritt brachte sie auf den Kamm des Walles. Schnell atmend drehte sie sich langsam um. Auch die letzte Angst war jetzt heraus aus ihr. Sie fürchtete sich nicht davor, dem Ende ins Gesicht zu blicken. Der Himmel über ihr war schwarz von Bombern, die sich in Richtung der Stadt voranschoben. Eine der Feldscheunen stand lodernd in Flammen. Mit beiden Händen strich sie sich die Schürze glatt und spürte es an ihren Fingern. Sie senkte den Blick und betrachtete das klebrige Blut. Es war das Blut des Schweines, das rot auf ihrer weißen Haut leuchtete.

Zwölf

„Warst du bei ihr?“

Apollonia Schultheiß nickte still und blickte Johanna Hembes dabei in die Augen.

„Ich wollte auch gerade hin.“

Beide standen sie sich einen Moment schweigend gegenüber. Ganz in Schwarz gekleidet, auf dem nassen Kopfsteinpflaster der Dorfstraße, die seit zwölf Jahren Straße der SA hieß. Fast im Gleichklang atmeten sie. Jede der beiden wartete auf ein Wort der anderen.

„Schlimm.“ Apollonia, die kleinere der beiden älteren Frauen hatte es gehaucht und nickte hinterher. Erwartungsvoll sah sie in das Gesicht der Größeren. Sie hatte das Schweigen durchbrochen und nun war es an Johanna, Bericht zu erstatten. Sie atmete unruhig ein und verlängerte dadurch die Zeit der Stille noch ein wenig.

Johanna Hembes hatte den Zeitpunkt für ihren Trauerbesuch ganz bewusst gewählt. Um kurz vor elf würde sie auf der langen Strecke durch das gesamte Dorf bestimmt einer begegnen, die schon dort gewesen war. So konnte sie vielleicht noch ein wenig mehr erfahren, als das, was sie vorhin von ihrer Nachbarin gehört hatte. Erst heute früh hatte sie überhaupt mitbekommen, dass sie die Lore tot gefunden hatten. Die Tochter von der Reinhilde und dem Erwin Maurer, den sie alle nur den Chaussee-Erwin nannten, weil sein Hof als letzter an der breiten Straße in Richtung Stadt stand. Eine gute Familie, wie sie sich gegenüber ihrer Nachbarin heute Morgen geäußert hatte. Eine gute Familie, über die nun so viel Leid hereingebrochen war.

Kurt, ihr verstorbener Mann, hätte nur mit dem Kopf geschüttelt darüber. Über sie und ihre verständnisvollen Worte. Warum soll ich mit denen trauern, wenn die Zeit ihres Lebens nichts davon abhielt, mir Knüppel zwischen die Beine zu werfen. Er hatte nie vergessen können, dass der Chaussee-Erwin ihm die zwei Weinberge abgejagt hatte. Die zwei schönen Stücke, wie er sie bis zu seinem viel zu frühen Ende nannte, die er von der krummen Erna gepachtet hatte. Eine alte gebückte Frau war sie und lange schon nicht mehr ganz klar im Kopf. Verwirrt und alleine seit vielen Jahren. Der Chaussee-Erwin war immer wieder bei ihr gewesen, so lange, bis sie ihm die Weinberge sogar verkaufte, die doch eigentlich ihnen zugestanden hatten. Fünfzehn Jahre lang hatten sie die Pacht immer pünktlich bezahlt. Da gehörte es sich nicht, dass er sich einfach dazwischendrängte. Zumindest fragen hätte er sie doch müssen, vorher, und nicht die alte Frau belagern, bis sie nicht mehr anders konnte. Aber man musste auch vergeben können. Das hatte sie heute Morgen beschlossen. Und wenn sie schon so spät von all dem erfahren hatte, wollte sie zumindest nicht die Letzte sein, die der Reinhilde einen Trauerbesuch abstattete.

Aus großen Augen hatte ihre Nachbarin sie angesehen vorhin. Du weißt noch gar nicht, was passiert ist? Sie hatte an die Bomber gedacht, von denen ihre Nachbarin aber nicht sprach. Sie bekam einfach nichts mehr mit, seit sie sich ganz alleine um Haus und Hof zu kümmern hatte. Während die anderen immer noch Zeit fanden, um auf der Straße die Köpfe zusammenzustecken, wusste sie kaum, wie sie die viele Arbeit überhaupt schaffen sollte. Sie seufzte. Ihr Kurt fehlte, vierzehn lange

Jahre schon, verunglückt mit dem leeren Heuwagen und den beiden Pferden, die durchgegangen waren. Er hatte sie nicht mehr halten können. In einer Kurve hatten sie den Wagen umgeschmissen, der ihn unter sich begrub.

Ihre Brust hob sich bei dem Gedanken, dass sie es sein durfte, die nun vergab. Der Reinhilde und ihrer Familie in dieser schweren Stunde des Leids. Und sie war ganz sicher noch eine der Ersten, die jetzt von der trauernden Mutter erfuhr, was wirklich passiert war. Später, auf dem Weg zurück durch das gesamte Dorf, würde sie dann berichten können. Sie würde sich dafür die nötige Zeit lassen. Das Viehzeug konnte ruhig ein wenig warten heute.

„Sie haben sie in der Stube aufgebahrt." Apollonia Schultheiß begann endlich leise flüsternd. „Ganz friedlich liegt sie da, so, als ob sie schlafen würde." Sie schüttelte den Kopf und führte ihre rechte Hand hinauf zu ihren Augen. Ein weißes Taschentuch hob sich deutlich von den schwarzen Handschuhen ab, die sie trug. Sie tupfte sich damit leicht die Augenwinkel. Sie selbst seufzte schwer, um den kleinen Moment der erwarteten Stille restlos auszufüllen.

„Welch ein Leid! Von ihrem Mann hat sie auch schon viele Wochen nichts mehr gehört. Das bedeutet meist nichts Gutes." Sie nickte vielsagend und kniff die Lippen fest zusammen, sodass sie ihre rote Farbe verloren. „Und der letzte Sohn kämpft im Osten an der Front. Der Harry, ihr Ältester, liegt da schon begraben und jetzt muss sie die Tochter beerdigen." Sie schnaufte dazwischen. „Ganz alleine." Sie schüttelte den Kopf. „Manche trifft es ganz besonders hart." Apollonia schwieg jetzt.

Johanna Hembes kam ein Stückchen näher heran, vorsichtig flüsternd. „Hat sie sich das Leben genommen?"

„Die Reinhilde will davon nichts wissen. Richtig böse ist sie geworden, als ich gefragt habe. Die Gretel Janz war dabei oben am Kirschbaum. Sie hatte einen Strick um den Bauch, erzählt sie. Vielleicht war der heruntergerutscht. Das kann man nie wissen."

„Ruhig und in sich gekehrt war die Lore schon immer gewesen. Eine stille, schwermütige. Ganz selten, dass man sie mal lachen gehört hat."

„War denn die Polizei schon da?"

„Sie haben gleich nach ihr geschickt. Der Mengel hat das gemacht. Einen Jungen haben sie ausgesandt mit dem Fahrrad. Der sollte die Polizei holen. Nach kurzer Zeit war er schon wieder zurück. Die ganze Stadt stand in Flammen. Er hat sich nicht weiter getraut. Brennende Häuser überall schon ab der Stadtgrenze. Hunderte Bomber waren das am hellichten Tag. Die haben alles in Schutt und Asche gelegt. Ihm sind die Flüchtenden entgegengekommen. Halb verbrannt manche. Da ist der Junge zurück, bevor er die Polizei holen konnte." Sie hielt kurz inne, um sich noch einmal die Augen mit dem zerknüllten weißen Taschentuch zu tupfen. „Ein Wunder, dass aus der Hölle überhaupt noch jemand lebend herausgekommen ist. Immer wieder neue Bomber. Und geschossen haben sie auf alles, was sich am Boden bewegt. Die Feldscheune hinten auf dem Galgenbusch, nicht weit vom Kirschbaum entfernt, wo sie sie gefunden haben, ist bis auf die Grundmauern niedergebrannt. Auf den Äckern dort lag noch nie ein besonderer Segen. Früher der Richtplatz, heute die Vorboten des Fegefeuers. In der Stadt haben sie ganz andere Sorgen als ihre Polizei hier hinaus zu uns zu schicken." Sie schüttelte wieder den Kopf. „Es sind schlimme Zeiten, in denen wir leben müssen. Und nicht mehr lange, dann sind sie auch hier, mit ihren Panzern." Ihr Kopfschütteln hatte sich in ein Nicken verwandelt, mit dem sie ihre eigenen Worte zu unterstreichen suchte. „Und dann Gnade uns Gott!" Ihre Augen funkelten vielsagend. Es schien alles aus ihr heraus zu sein.

Johanna Hembes drehte den Kopf und blickte sich kurz um. Schnell verabschiedete sie sich. Hinter sich konnte sie die Hasen-Ingrid erkennen, die sich aus ihrem Hoftor herausschob. Ganz in Schwarz war auch sie gekleidet. Sie beschleunigte ihren Schritt. Es war noch ein Stück bis zum Ende des Dorfes. Am Schluss ging es sogar etwas bergauf. Die Hasen-Ingrid war kräftig und klagte häufig über Wasser in den Beinen. Es dürfte ihr also nicht schwerfallen, noch ein klein wenig Vorsprung herauszulaufen, um die trauernde Mutter ein paar Minuten für sich alleine zu haben.

Dreizehn

Vorsichtig zog sie die Tür seines Schlafzimmers einen Spaltweit auf. Sie versuchte, dabei möglichst leise vorzugehen, obwohl sie doch eigentlich wusste, dass er kaum da drinnen sein konnte. Sie hätte seine nervösen Schritte längst gehört. Sein im Kreise laufen, wie eingesperrt. Und außerdem war es Mittag. Im Morgengrauen verschwand er sonst immer und davor verbreitete er so viel Unruhe, dass sie jedes Mal wach lag, bis es endgültig hell wurde.

Langsam schob sie den Kopf durch den schmalen Spalt. Sie hatte sich etliche Male schon im Laufe des langen Vormittags die steile Treppe hinaufgekämpft, aber doch nie den Mut besessen, die Tür aufzudrücken. Einmal hatte er sie böse angefaucht und ihr fletschend wie ein Tier die Zähne gezeigt. Aber das war schon lange her und sie hielt die damit gezogene Grenze seither furchtsam ein. Nur wenn sie sich sicher war, dass er das Haus wirklich verlassen hatte, wagte sie sich hinein, um sein zerwühltes Bett zu machen.

Der Anblick ließ sie zusammenzucken. Ein Stich tief in ihrer Brust. Die Luft, die ihr entgegenschlug, trug seinen Geruch. Sie roch nach ihm, nach einem Mann, seinem süßlich-herben Schweiß und auch ein wenig nach Urin, weil er mit Reinlichkeit nichts mehr anfangen konnte, seitdem die Kugel in seinem Kopf feststeckte. Es war der Geruch, der auch seinen Sachen anhaftete, die sie für ihn wusch. Sein Bett lag unberührt da. Glatt gestrichen die Decke, so wie sie sie gestern Morgen hergerichtet hatte. Er war also heute Nacht nicht hier gewesen.

Etwas umschlang ihr Herz und ließ sie stöhnend ausatmen. So hatte es kommen müssen, irgendwann. Sie schob die Tür weit auf und ging ein paar Schritte über den knarrenden Dielenboden in sein Zimmer hinein. Die Tränen rannen kühl über ihre Wangen. Sie hatte es gleich gefühlt. So wie es nur eine Mutter spüren konnte, wenn sie den Sohn verlor. Auch über große Entfernung. Viele Frauen hatte sie davon erzählen hören. Frauen, die vom Tod des Sohnes wussten, lange bevor die Nachricht von der Front kam. Sie spürten es schon in dem Moment, dass ein Teil von ihnen selbst aufgehört hatte zu atmen. Schreckten nachts hoch und sahen ihn ein letztes Mal vor sich. Abschied nehmend. Bei ihrem Mann hatte sie nichts Derartiges wahrnehmen können. Aber gestern Morgen als sie den abgezogenen Hasen wusch, streifte sie ein kalter Windhauch. Die großen schweren Maschinen am Himmel und die dumpfen Schläge der Bordkanonen über den Feldern vor dem Dorf. Sie wusste es in diesem Moment schon, noch bevor sie auf der Straße aufgeregt herumschrien. Die brennende Feldscheune, von den Tieffliegern in Brand geschossen. Nicht ihre eigene, aber doch die, in der er sich meistens herumtrieb. Den ganzen Tag über. Alles andere war Hoffnung gewesen, ohne Grund, die jetzt endgültig erlosch, beim Blick auf sein unberührtes Nachtlager. Die Tränen liefen weiter und hinterließen Spuren auf ihren Wangen.

Leise setzte sie langsam ein paar vorsichtig knarrende Schritte und verließ das Zimmer so, wie sie es betreten hatte. Unten in der Küche würde sie eine Kerze anzünden und still für ihn beten. Es war jetzt besser so. Sie konnte nun endlich wirklich um ihn trauern. Er war doch längst tot gewesen. Seit zwei Jahren schon.

Vierzehn

Sie schnitt die Leberwurst in fingerdicke Scheiben. Das kleine spitze Messer, an dessen Klinge die Fasern der Wurst festklebten, legte sie neben das Brettchen. Sie atmete gleichmäßig ein und aus. Die Wurst verströmte ihren fetten Duft. Es roch stark nach Schwein. Mit Daumen und Zeigefinger hielt sie eine der Scheiben fest und schloss die Augen. Langsam führte sie das Stück bis ganz nahe an ihre Lippen und hielt dann inne. Sie bemühte sich, durch den geöffneten Mund zu atmen. Der Gestank der Innereien war dann weniger schwer zu ertragen. Hinten in ihrem Hals spürte sie die ersten Zeichen entschiedener Gegenwehr. Ein drohendes, noch kaum hörbares Würgen machte sich dort bemerkbar. Voller Entschlossenheit steckte sie das fingerdicke Stück der fettigen Leberwurst in ihren Mund und kaute drauflos. Luft sog sie weiter durch ihren Mund ein, in dem sich schnell eine breiige Masse bildete. Sie versuchte, zu schlucken, aber der Widerstand war noch zu stark. Sie goss sich mit der Rechten Wein aus einem Krug in einen Becher, den sie sich schon vorsichtshalber neben dem Brettchen bereitgestellt hatte. Ein ordentlicher Schluck Weißwein verdünnte den Brei in ihrem Mundraum so weit, dass sie ihn endlich schlucken konnte. Ihre Lippen presste sie fest zusammen und hielt auch die Augen wieder geschlossen. Stoßweise atmete sie durch die Nase ein und aus. So musste das doch alles da drinnen bleiben. Langsam ließ der Druck in ihrem Rachen nach. Elisabeth Mengel schlug die Augen auf und trank noch einen kleinen Schluck Wein hinterher, der einen Teil des tranigen Fettgeschmacks mitnahm.

Die kurzfristige Entspannung in ihrem Schlund nutzte sie, um schnell zwei weitere weiche Scheiben nachzuschieben. Sofort schoss ein säuerlicher Saft aus ihrem Magen wieder hoch. Es gelang ihr aber, weiteren Schaden abzuwenden. Entschlossen kaute sie konzentriert atmend und mit geöffneten Augen weiter. In kleinen Partien führte sie mehrmals Weißwein zu und drückte den flüssigen Brei dann fest nach hinten in ihre Speiseröhre. Gut vernehmbare Schluckgeräusche verkündeten den Erfolg.

Ein knappes Drittel hatte sie und auch den Rest würde sie ganz sicher noch hinuntergewürgt bekommen. Die Wurst musste weg, bevor ihr Mann zurück war, sonst stellte er die falschen Fragen. *Woher kommt die? Meine Frau beteiligt sich am Schwarzschlachten! Die Frau des Bürgermeisters und Ortsbauernführers!* Er würde brüllen, nach ihr schlagen und dabei auf seinem roten Gesicht schwitzen. Alle würden es hören. Draußen auf der Straße, wo sie heute scharenweise vorbeischlichen oder flüsternd zusammenstanden. Und der Janz würde sie hören. Sich ergötzen an den Schreien aus dem Nachbarhaus. Wahrscheinlich wartete er schon drüben in seiner Küche darauf. Nach jedem Ton lauschend, der ihm das aufziehende Gewitter ankündigte. Deswegen hatte er ihr die Leberwurst an die Haustür gehängt. Noch ganz warm war sie gewesen, als sie sie vorhin fand. Warm und duftend und seine eindeutige Botschaft, dass sie von ihm nun nichts mehr zu erwarten hatte.

Sie kaute weiter. Es ging jetzt problemlos. Ihr Magen schien sich mit seinem Schicksal abgefunden zu haben. Vielleicht war er ja sogar bereit, alles bei sich zu behalten. Ansonsten würde sie sich nachher auf dem Misthaufen draußen übergeben. Es wurde längst nicht mehr so früh dunkel und ihr Mann blieb dann länger draußen im Weinberg.

Schlagartig zitterte sie am ganzen Körper. Es war eine eisige Kälte, die sie um sich fühlte. Sie schluckte weiter breiig warme Leberwurstmasse hinunter. Die Kälte aber blieb. *Du könntest ruhig mit rauskommen und mir helfen! Hier hast du überhaupt nichts zu tun.* Es machte doch alles keinen Sinn mehr. Die Arbeit, das Tun an jedem einzelnen Tag von früh bis spät. Ein Warten war es, nicht mehr. Die Amerikaner kamen immer näher. Sie tuschelten es auf der Straße. Hinter dem angelehnten Fenster hatte sie sie hören können.

Dann sind es schnell ein paar Führer weniger. Große und auch kleine. Direkt unter ihrem Fenster hatten die beiden gestanden. Das nahende Ende machte sie mutig. Selbst die feigsten.

Überall roch es noch verbrannt, den ganzen Tag schon. Es war der Brandgeruch aus der Stadt, der herüberwehte. Die Rauchsäulen konnte man vom Wall aus noch deutlich sehen. Sie glaubte sogar riechen zu können, dass es Menschen waren, die da verbrannten. Es war ein durchdringender Geruch, der sie ekelte. Hinten in ihrem Hals sträubte es sich jetzt wieder gegen das Schlucken der fetten Leberwurst. Sie presste dagegen. Es musste hinunter. Sie schob schnell noch zwei weitere Stücke in sich hinein, fingerdicke, die sie gar nicht mehr kaute. Ein paar Tage bloß noch und dann würde es ihr so ergehen wie der Lore vom Chaussee-Erwin. Dann würde sie auch hängen, zusammen mit ihrem Mann, vielleicht am gleichen Kirschbaum. Der Galgenbusch war ja nicht weit. Ihr Richtplatz. Wann hatten sie dort zuletzt einen aufgeknüpft? Sie würden hängen, weil ihr Mann den Albert Wies totgeschlagen hatte. Er hatte auf ihn eingedroschen und getreten, so wie der Chaussee-Erwin auch.

Der war mit dabei gewesen damals, draußen in seiner Feldscheune, wo sie ihn hinverschleppten. Sie hatte ihren Mann aus diesem Grund angefleht, heute Morgen hierzubleiben. Sie bloß nicht alleinezulassen. Sie zitterte am ganzen Körper. Sie hatte solche Angst vor dem Tod. Sie wollte nicht sterben. Dafür war sie doch noch viel zu jung.

Das Geräusch ließ sie zusammenzucken. Es war nur ganz leise gewesen. Ein dumpfer Ton, der aus dem Torhaus kam. Das Türchen war tagsüber nicht verschlossen und ihr Mann konnte es nicht sein. Nicht, solange es noch hell war. In der Dämmerung kam er vom Rebschnitt zurück. Jetzt hörte sie wieder etwas. Ganz deutlich. Jemand schob das Türchen zu, hinter sich. Vorsichtige Schritte drangen bis an ihre Ohren. Schritte, die draußen in ihrem Hof auf dem dunklen Kopfsteinpflaster schleichend gesetzt wurden. Ihre zitternde Rechte tastete nach dem kleinen, spitzen Messer, das neben dem Brettchen und den Resten der Leberwurst lag, die ihr der alte Janz an die Haustür gehängt hatte.

Fünfzehn

Er zog ganz leicht nur an dem Holztürchen und war erstaunt, als es wirklich nachgab. Er hatte nicht damit gerechnet, dass es offen stehen würde. In diesen Zeiten ein Tor nicht sicher verschlossen zu halten, zeugte von viel zu viel gutem Vertrauen. Er musste grinsen. Schnell blickte er sich nach allen Seiten suchend um. Er strich sich die blonden strähnigen Haare aus dem Gesicht. Absolute Ruhe. Durch den Spalt schob er sich vorsichtig hinein und zog die Tür wieder hinter sich zu. Er atmete erleichtert aus. Endlich Ruhe und ein wenig Schutz für ein paar Stunden. Wie auf Befehl öffnete sich sein Mund zu einem geräuschvollen Gähnen. Die in den letzten wirren Tagen aufgestaute Müdigkeit machte sich bemerkbar. Ein paar Stunden Schlaf brachten die Lebensgeister zurück. Im Schutz der Dunkelheit konnte er sich dann wieder nach draußen begeben und seinen Marsch fortsetzen. Über weite Felder schleichend, durch Gräben hindurch und entlang der Straßen nach Osten. Im weiten Bogen um die kleinen Ortschaften, damit die Hunde nicht anschlugen. Aber in der Nacht war das auch in den letzten Tagen schon kein Problem gewesen. Er war gut vorangekommen.

Das Motorengeräusch riss ihn aus seinen Gedanken und ließ sein Herz fester schlagen. Sein Blick wanderte suchend durch die Scheune. Ein Pflug stand direkt vor ihm. Der Rost auf dem Schar schimmerte rötlich im fahlen Licht, das durch die Ritzen zwischen den Holzbrettern hereinfand. In der hinteren Ecke lagen ein paar schlecht verschnürte Bündel Stroh übereinander. Zusammen mit den Bohnenstangen, die auch dort standen, taugte das kaum, um ihm und seinem Rucksack ausreichend Deckung zu bieten, falls sie hier hineinkämen. Und das schon gar nicht, wenn sie nach ihm suchten. Sein Blick huschte jetzt hektischer umher. Der Weg über die offenen Felder war selbstmörderisch gewesen. Über große Entfernung konnte ihn jeder sehen, auch in geducktem Lauf. Und es gab noch mehr als genug von denen, die einen abgehauenen Soldaten meldeten. Wahrscheinlich bis zum letzten Moment, bis die Panzer die ersten Häuser ihres Dorfes erreicht hatten. Auch wenn längst nichts mehr zu retten war. Deswegen war er auch hier.

Die Leiter! Eine schlechte Leiter führte in der Scheune auf einen Zwischenboden. Nicht mehr ganz stabil sah das alles aus, aber was hatte er für eine Möglichkeit. Wenn er abwartete, bis sie hereinkamen, blieb keine Zeit mehr. Er musste da hinauf, um sich in Sicherheit zu bringen, unter altem Stroh oder Heu. Schnell war er an der Leiter und rüttelte an den unteren Sprossen. Wackelig zwar, aber so schlecht auch wieder nicht. Gefährlich knarrend gab das Holz unter seinem Gewicht nach, aber es trug ihn bis hinauf. Tastend prüfte er die Dielen des Zwischenbodens, bevor er langsam weiterschlich. Hier oben lag reichlich Stroh zu ordentlichen Haufen aufgetürmt. Mit ein paar schnellen Schritten hatte er das Ende der Scheune erreicht, um in die Richtung zu spähen, aus der sich das Motorengeräusch weiter näherte. Dem Klang nach konnte es nur ein Lastwagen sein. Er drückte sein rechtes Auge an einen Spalt zwischen zwei Holzbrettern der Außenwand. Sein anderes Auge kniff er zu, um besser sehen zu können. Der Lastwagen steuerte auf die Scheune zu. Ihm fuhr ein offener Kübelwagen voraus. Für einen Moment hielt er die Luft an, um auf die Entfernung mehr erkennen zu können. Keine SS. Aber auch die anderen machten mit ihm kurzen Prozess, wenn er an den Falschen geriet. Schnell war er am größten der Strohhaufen hier oben. Mit dem Rucksack auf dem Rücken schob er sich Kopf voran in die trockenen Halme, bis er ganz darin verschwunden war. Sein Herz schlug pochend. Gerne würde er sich jetzt in Luft auflösen. Das hier oben war kein wirklicher Schutz, wenn sie ihn ernsthaft suchten. Er hatte selbst Scheunen durchkämmt. So viele Alles hatten sie auf den Kopf gestellt auf der Suche nach den Heckenschützen, die einen Kameraden umgelegt hatten. Ein paar Schuss erst in jeden Strohhaufen und dann nachsehen, was sich noch bewegte. Nur die Leitern waren sie dabei nicht hochgestiegen. Ein ordentliches Bündel Stroh und ein Feuerzeug erledigten das von ganz alleine. Bei fünf Scheunen. Eine nach der anderen. Ein paar Bündel Stroh, das Feuerzeug und eine Viertelstunde Abwarten. Bei der dritten Scheune waren sie herausgerannt, tanzend fast im Takt ihrer Schüsse.

Die Motorengeräusche waren jetzt ganz nahe herangekommen. Sie würden die Fahrzeuge weiterlaufen lassen, solange sie nach ihm hier drinnen suchten. Auf den Lastwagen passten zehn Mann. Die meisten blieben sitzen.

Er spürte sein hämmerndes Herz, dessen Schläge bestimmt den ganzen Strohhaufen über ihm erzittern ließen. Er hielt die Luft an, für einen kleinen Moment nur, um besser hören zu können. Mehr erlaubte seine Lunge nicht. In schnellen Stößen versuchte sie dann das nachzuholen, was er ihr vorenthalten hatte. Die Fahrzeuge mussten ganz nahe sein, aber trotzdem klang es, als ob sie schon vorbei wären. Um die Scheune herum, einmal im Kreis, den Eingang suchend.

Weiter? Sie entfernten sich! Es wurde leiser. Ganz langsam

nur, weil der ausgefahrene Feldweg keine schnelle Fahrt zuließ. Aber eindeutig weg von ihm und seinem Versteck. Er hörte sich kichern. Glucksende Geräusche, die aus seinem Mund kamen. Irre klang das. Rückwärts schob er sich aus dem Haufen heraus. Wie eine alte Vogelscheuche sah er jetzt aus, deren strohiges Innere sich langsam durch die fadenscheinige Kleidung drückte. Er lief schnell zum anderen Ende der Scheune und spähte den beiden Fahrzeugen hinterher. Unter dem Verdeck konnte er die Köpfe der gedrängt sitzenden Kameraden erkennen. Sie fuhren weiter auf das Dorf zu, das an der Verbindungsstraße zur Stadt lag. Das letzte Aufgebot zur Verteidigung des strategisch wichtigen Brückenkopfes. *Halten unter allen Umständen und bis zum letzten Mann. Zügiger Ausbau der Verteidigungsstellungen, eingraben, Panzersperren errichten. Festung im ruhmreichen Kampf. E.K. I in Aussicht. Volkssturm zur Verstärkung im baldigen Anmarsch. Vor Ort können Arbeitskräfte und kampffähige Männer verpflichtet werden.* Viele Kilometer westlich war er dabei gewesen. Vor fünf Tagen schon. Eine halbe Stunde lang hatten die Panzer feurig gespuckt, dann lag alles in Trümmern. Die meisten Häuser brannten. Neben ihm stöhnte ein Junge von fünfzehn. Sein rechtes Bein fehlte. Der überlebte das zum Glück nur ein paar Minuten. Im Rauch war er selbst ungesehen verschwunden. *Begraben unter den Trümmern der zerschossenen Häuser,* sollte es von ihm heißen. Ausgelöscht, bis das alles vorbei war. Nur noch ein Schatten, den sie nicht greifen konnten. So lange schlug er sich ungesehen weiter voran in Richtung Heimat. Ein paar zivile Klamotten von einer Wäscheleine steckten in seinem Rucksack bereit.

Langsam drehte er sich um und ging zurück zu dem großen Strohhaufen, der ihm als Versteck gedient hatte. Dahinter würde er sich für ein paar Stunden zum Schlafen hinlegen, bis die Nacht hereingebrochen war. Sein Blick fiel auf den weißen Stoff. Ein Unterhemd, ausgebreitet auf dem Stroh und auch ein weißer Unterrock. Wie lange hatte er so etwas schon nicht mehr gesehen? Er näherte sich vorsichtig und schüttelte seufzend den Kopf. Wen sollte er schon verschrecken? Als er direkt über dem leuchtend weißen Stoff stand, hörte er, wie jemand unten die Tür aufzog.

Sechzehn

Sie riss die Haustür auf und stürzte hinaus. Das kleine Messerchen hielt sie mit der Rechten krampfhaft umschlossen. Mit starrem Blick vermaß sie suchend den Hof. Ihren Kopf warf sie dabei in alle Richtungen. Mit dem linken Handrücken fuhr sie sich über das Kinn. Beim Hinauslaufen war ihr ein säuerliches Gebräu aus Wein und Leberwurst heiß in den Mund geschossen. Ihren Handrücken wischte sie an der Schürze ab.

„Ihr kriegt mich nicht! Verschwindet!“ Sie brüllte sie an und streckte drohend die Rechte mit dem Messer nach vorne. Die Klinge zitterte in ihrer Hand. Elisabeth Mengel war bereit, sofort zuzustechen. Ihr eigenes lautes Schnaufen holte sie zurück. Es brachte ein wenig Ruhe und ließ geordnetere Gedanken in ihrem Kopf zu. Langsam sank ihr Arm mit dem Messer nach unten. Einmal noch drückte sie die Augen fest zu, um in dem kurzen Moment der klaren Dunkelheit wieder zu sich selbst zu finden. Sie schlug die Augen wieder auf und erkannte zwei abgerissene Gestalten. Verkohlte Fetzen hingen an ihnen herab. Die Haare staubig starr aufgerichtet, dunkler Schmutz im Gesicht. Schreckgeweitete Augen, aus denen sie sie reglos ansahen. Eine Frau und ihr Kind. Es drückte sich näher an sie heran. Verstörte Blicke. Rauchiger Geruch von Verbranntem war mit ihnen hereingekommen. Die Haare des Kindes sahen an der einen Seite versengt aus. Die Reste klebten am Kopf fest. Sie trat einen Schritt auf sie zu und streckte beide Arme nach vorne. Es war ein Gefühl tiefer Traurigkeit, das sie erfasste.

Die Mutter und ihr Kind wichen zurück. Angst sprach aus

ihren Gesichtern. Elisabeth Mengel schleuderte das Messerchen hinter sich. Sie spürte den Druck in ihrem Hals, der sie zum Schlucken zwang. Ihre Augen füllten sich mit Tränen. Verschwommen sah sie alles vor sich.

„Wir haben Durst, bitte, und Hunger." Ganz leise geflüsterte Worte aus dem Mund des Kindes. Ein Mädchen musste es sein. Sie drehte sich weg und lief mit schnellen Schritten nach drinnen. In der Küche langte sie nach der aufgeschnittenen Leberwurst. Sie wickelte die dicken Scheiben in ein sauberes Geschirrhandtuch. Im Hinausgehen griff sie nach dem Krug mit Wein. Beides hielt sie dem Kind hin, das ihr einen Schritt entgegengekommen war. Die Mutter sah sie weiter starr aus toten Augen an. Das Mädchen langte mit schnellen Bewegungen zuerst nach dem Leberwurstpäckchen, das sie ihrer Mutter in die Hand drückte. Dann griff sie nach dem Krug.

„Nehmt alles mit." Sie streckte wieder beide Hände aus. Wie gerne hätte sie das Mädchen in die Arme genommen. Es war das einzige Wesen, von dem sie in diesem Moment glaubte, Trost erfahren zu können.

Das Mädchen hielt den Krug mit dem rechten Arm fest umschlungen und presste ihn gegen seine Brust. Dann fasste es mit der Linken nach der Hand der Mutter. Einen halben Schritt ging es ihr voraus, als ob es eine Blinde führte.

Siebzehn

Er stöhnte unter der Last seines eigenen Körpers. Dampfender Atem aus seinem Mund, der ihm die Sicht nahm. Langsam setzte er Schritt für Schritt die steile Rebzeile hinauf. Eigentlich hatte er biegen wollen heute Morgen. Den ersten Weinberg. Die anderen im Dorf waren lange noch nicht so weit. Die meisten hatten nicht einmal geschnitten, geschweige denn das überzählige Holz herausgezogen. Sein Weinberg lag direkt am Hauptweg. Jeder musste hier vorbei, wenn er zu seinen eigenen Rebstöcken wollte. Daher machte er diesen Weinberg immer zuerst. Sie sollten sehen, dass er ihnen eine Länge voraus war. Auch dieses Jahr wieder, wie in den vergangenen schon.

Heinrich Mengel schnaufte. Er hatte nicht mehr daran gedacht, dass das abgeschnittene Rebholz noch nicht zusammengerafft war. Getrocknet diente es dazu, daheim den Ofen anzufeuern. Im Weinberg wurde es eingesammelt und zu festen Bündeln verschnürt, die aus den einzelnen Zeilen herausgetragen werden mussten. Normalerweise war das, wie das Biegen auch, eine Aufgabe der Frauen, während die Männer den Rebschnitt und die Ausbesserungsarbeiten in den Rebanlagen vornahmen. Nur bei ihnen war das schon immer anders gewesen. Vor dem Krieg, als es noch Männer im Dorf gab, hatten sie ihn damit aufgezogen. *Unser Ortsbauernführer macht auch noch die Frauenarbeit mit. Bleibt ja gar nichts mehr für deine Lisbeth zu tun.*

Seine Frau mied die Arbeiten draußen im Weinberg, schon immer. Sie stammte aus einem großen Gut, das einmal der Kirche gehört hatte. Ein gutes Stück entfernt. Herrschaftlich war es bei ihnen zu Hause zugegangen, reichlich Personal und die Töchter auf der höheren Mädchenschule. Sein Schwiegervater war ein früher Geldgeber der Partei gewesen. Still und leise, aber mit dem richtigen Gespür für die sich wandelnden Zeiten. Vier Töchter und ein Sohn. Bis zu seinem Tod hatte er sie alle gut unterbekommen. Sein Schwager hatte das Klostergut übernommen. Und er die ordentliche Mitgift seiner Frau. Seit der Alte neben seiner Frau ruhte, kamen sie nicht mehr zusammen. Die anderen mieden ihn, den Emporkömmling. Er war keiner von ihnen, und das ließen sie ihn spüren. Seine Frau mittlerweile auch.

Er stapfte weiter den Berg hinauf. Drei Zeilen noch mit jeweils einem halben Dutzend Bündel, dann endlich hatte er alles rausgetragen. Wenn er sich beeilte, würde er die erste Zeile direkt am Weg noch heute Vormittag gebogen bekommen. Den Rest des Weinbergs dann im Laufe des Nachmittags, wenn nicht wieder etwas dazwischenkam. Nach dem Mittagessen musste er unbedingt noch einmal den Enkel von der Hasen-Ingrid in die Stadt schicken. Vielleicht würde der jetzt durchkommen, um die Polizei zu informieren. Auch wenn er das kaum glaubte. So viele Bomber und ein rot glühender Himmel die ganze Nacht hindurch. Noch heute stieg dichter Rauch aus den schwelenden Resten des großen Feuersturms auf. Ein Wunder, wenn dort überhaupt noch ein Stein auf dem anderen stand.

Sie legten alles in Schutt und Asche und dem alten Janz fiel nichts Besseres ein, als sein Schwein zu schlachten. Keuchend erreichte er die beiden Rebbündel. Sie scherten sich nicht mehr um ihn. Ganz unauffällig waren sie früher vorgegangen. Ängstlich darauf bedacht, bloß keinen Lärm zu machen. Obwohl er es doch gar nicht zu hören brauchte. Er konnte es nämlich riechen, wenn jemand schlachtete. Bloß kein Laut beim Töten der Sau, aber den Geruch konnten sie dennoch nicht verhindern. Das Abbrühen der Borsten und der Gestank, den der Wurstkessel verbreitete. Das roch er im ganzen Dorf. Seiner Nase hätte er schon so oft folgen können, wenn er es bloß gewollt hätte. Bis vor die Haustüren der Geheimnistuer. Klopfen und sie herausbrüllen. Ganz zufällig vorbeigekommen. Ihre von Angst geweiteten Augen, die Haut weiß wie drei Tage tot.

Jetzt war sie in ihm, die Angst. Gewehrt hatte er sich dagegen in den letzten Wochen. Sie zunächst beiseitegeschoben. Am Anfang des Jahres. Da war ihm das noch gut gelungen. Es konnte doch nicht alles zusammenbrechen. Zu stark sie selbst. Die Sehnsucht nach dem fulminanten Befreiungsschlag. Heraufbeschworen, angekündigt und immer wieder verschoben. Schwere Raketen, die sie dort trafen, wo es wirklich wehtat. Vergeltung für ihre Bomberangriffe. Kennenlernen sollten sie uns. Wach gelegen hatte er viele Stunden in der Nacht und mit seinen Strategien, die eigene Angst in die Knie gezwungen. Die Gegenoffensive, eingeleitet von der Wunderwaffe, die den Soldaten am Boden Luft für den Gegenschlag gab. Den Feind auf fremdem Territorium halten. Die Grenzen des Reiches standen. Aufgewühlt, aber entschlossen war er gegen Morgen immer noch einmal eingeschlafen.

Ihre Verbindung konnte nicht halten. Zerbrechen würde sie, noch bevor es richtig Frühjahr würde. Amerikaner, Briten und die Russen. Zu verschieden. Die Amis mussten doch merken, dass Stalin nichts Gutes im Schilde führte. Weitermarschieren würde der, so weit wie er kam mit seinen Horden. Direkt auf sie zu. Wenn denen die ersten Geschosse der Stalinorgeln um die Ohren pfiffen, wussten sie, dass es falsch war. Die Offensive im Westen hatte in ihm neue Hoffnung geweckt. Die Siege in der Ardennen-Schlacht. Eine Hoffnung, die nicht lange hielt. Danach traf ihn die Angst mit voller Wucht. Was sollte sie jetzt noch aufhalten, hinhalten, bis eine Einigung mit Amerikanern und Briten getroffen worden war, um zusammen gegen die Barbaren aus dem Osten anzugehen? Daran hielt er sich fest, an dieser Idee. Es musste Hitlers Plan sein, in dieser schweren Zeit. Und sie mussten doch auch verhandeln, mit ihnen. Die konnten doch nicht die Russen am Rhein wollen. Schlaf fand er über diesen Gedanken nicht mehr. Der Schleier wurde dünner. Die Ruhe kam nicht mehr, auch nicht morgens. Nur, wenn er sich betäubte, übermannte sie ihn für kurze Zeit. Stille und Ruhe, gedankenlos und meist auch ohne Angst. Die kam danach aber umso heftiger zurück. Schüttelte ihn und holte in vollen Zügen das nach, was sie ihm davor an Schonung gewährt hatte. Er flüchtete sich in seine Weinberge. Der kalte Wind, der durch die Ebene pfiff. Die Gedanken in seinem Kopf zogen eigene Kreise, ohne dass sie sich noch lenken ließen. Hätte er sich doch bloß einziehen lassen. Hier war er hilflos ausgeliefert. Sie würden ihn holen, ohne dass er sich zur Wehr setzen konnte. Die aus dem Dorf, deren Blicke schon immer vom Neid zerfressen waren. Die nur auf den rechten Moment warteten, seit so vielen Jahren schon. Und ganz sicher würden sie ihn nicht so einfach verstreichen lassen. Sie umkreisten ihn jetzt schon. Das Rudel Wölfe. Immer näher heran wagten sie sich. Den Abstand zur eigenen Sicherheit hielten sie kaum noch ein. Er konnte ihren Atem riechen und das Hecheln dazu hören. Hinter sich. Sie flüsterten kaum noch, wenn sie vom nahen Ende sprachen. Und von dem, was darauf folgte. *Ein paar werden ganz besonders büßen.* In seine Richtung hatten sie dabei genickt, sodass er es sehen musste. Einen Kreisleiter hatten sie schon aufgehängt. Weiter im Westen, noch schnell bevor die Ortschaft eingenommen worden war. Die eigenen Nachbarn wahrscheinlich. Das, was auch ihm bevorstand.

Er trat mit seinen schweren Schuhen auf das Bündel Rebholz. Immer wieder und fester. Knackend und brechend gab es unter seinen Tritten nach. Er ließ trotzdem nicht ab von ihm. Mit dem rechten Fuß gab er all seinen Hass weiter. Glühend wütete der in seinem Kopf und verjagte die Angst. Endlich konnte er sie wieder spüren. Die Entschlossenheit, die ihn zu dem gemacht hatte, was er war. So sollten sie ihn jetzt sehen! Er warf seinen Kopf wild herum und stieß heißen Dampf aus. Die streunenden Wölfe, die nur auf sein Ende warteten. Keiner war zu sehen. Vertrieben hatte er sie. Und wenn sie sich wieder heranwagten, dann sollten sie ihn kennenlernen!

Das Motorengeräusch, das in diesem Moment an seine Ohren drang, unterbrach seinen wütenden Tanz. Hatte doch jemand die Polizei geholt? Er rannte die Rebzeile hinunter zu seinem Fahrrad. Er musste sich beeilen, um die Polizisten abzufangen. Sonst würden sie am Ende noch vollkommen falsche Schlüsse ziehen.

Achtzehn

Vorsichtig schob sich Georg Limbach in die Höhe. Es war nicht einfach, mit nur einer Hand eine wacklige Leiter hinaufzusteigen. Mit jeder Sprosse, die er losließ, um mit seiner linken Hand schnell weiter nach oben zu greifen, verlor er für einen kurzen Moment den festen Halt. Sein ganzer Körper neigte sich dann gefährlich nach hinten, dem freien Fall entgegen. Dem Sturz in die Tiefe, auf den harten Boden der Scheune. Sein linker Arm hatte ordentlich zu tun, um ihn jedes Mal wieder heranzuziehen. Ganz dicht an die hölzernen Sprossen. Langsam kam er so nur voran. Die Leiter hinauf zu ihr.

Die Last, die ihn nach hinten zog, machte es noch schwerer. In seinem Rücken spürte er den Rucksack. Spitze Kanten, die auf seine Wirbelsäule drückten. Sein unversehrtes Bein piesackten die kleinen feinen Nadelstiche. Oben musste er seine Beute gut verstecken, unter den Strohhaufen. Keiner hatte ihn gesehen in der Mittagszeit. Da waren alle beim Essen und niemand auf der Straße oder in den Gärten hinter den Scheunen unterwegs. Vorsichtig war er nach Hause geschlichen. Geduckt durch den Hof. Es roch nach gebratenem Hasen. Aber er war eisern geblieben. Leise hatte er die Haustür nur einen Spaltbreit aufgezogen und sich dann hindurchgeschoben. Die Treppe hinauf ohne Knarren fast, um seinen Rucksack im dunklen Vorratsraum mit allem zu füllen, was er greifen konnte. Die Gläser und ihre metallenen Klammern drückten auf seine Muskeln und die spitzen Knochen. Marmeladen waren es und eingemachtes Obst, Kirschen, Aprikosen und Mirabellen. Von denen hatte er gleich drei große Gläser gegriffen, weil er sie so sehr liebte. Seine Mutter kochte sie mit den Kernen ein. Sie behielten dadurch ihre Form und schmeckten fast so, als ob sie direkt vom Baum kamen. Zumindest im Winter. Wenn es freitags Grießbrei gab, wünschte er sich jedes Mal ihre Mirabellen dazu.

Auf dem Zwischenboden angekommen, ließ er den Rucksack von seinen Schultern gleiten und stellte ihn neben sich. Er ging ein paar Schritte weiter, um sich nach dem Seil zu strecken, mit dem er die Leiter hochholte. Sein rechtes Auge blinzelte unkontrolliert. Und auch in seinem Kopf spürte er die Anstrengung von eben. Trotzdem zog er den Strick zu sich hinunter und schlang ihn um seinen Bauch. Schnaufend schritt er voran. Die Leiter stieg in die Höhe, um sich nach ein paar weiteren mühsamen Schritten sanft in seiner Richtung gegen einen der Dachbalken zu lehnen. So stand sie sicher, bis er sie wieder für den Abstieg benötigte. Aber das hatte Zeit. Mit den vielen Gläsern würden sie über etliche Tage kommen. Sie beide hier oben in ihrem gemeinsamen Zuhause.

Das Rascheln im Stroh verriet ihm, dass sie ausgeschlafen haben musste. Sie würde sich freuen über seine kleinen Geschenke.

Er schrie, als er das fremde Gesicht bei ihr sah.

Neunzehn

Mit aller Kraft trat Heinrich Mengel in die Pedale seines Fahrrades. Seine Brust schmerzte. Die eisige Luft, die er gierig in sich hinein sog. Es tat weh, aber seine Lunge brauchte sie und sein Herz auch, um den massigen Körper in rasender Fahrt einigermaßen zu versorgen. Er fühlte, wie kalter Schweiß in Strömen über seine Wangen rann. Die Motorengeräusche hatte er deutlich gehört, bis sie vor ein paar Minuten verstummt waren. Zuletzt hatte es so geklungen, als seien sie in Richtung Ortsausgang unterwegs gewesen. Dort wohnte der Chaussee-Erwin. Sie hatten also doch die Polizei herbeigerufen und die war sogar gekommen. Er spuckte während der Fahrt aus, um danach noch hektischer nach Luft zu schnappen. Und keiner hatte ihm Bescheid gegeben. Es schmeckte bitter nach. Er bekam sie nicht mehr zu greifen. Ihre Blicke, wie sie ihn ansahen. Sie scherten sich kaum noch um ihn. Langsam, kaum spürbar, entglitt ihm das alles.

Die ersten Häuser hatte er mittlerweile erreicht. Auf der Hauptstraße musste er durch das ganze Dorf hindurch, bis zum anderen Ende. Selbst er nannte die Dorfstraße noch immer Hauptstraße, obwohl er das neue Schild vor zwölf Jahren eigenhändig voller Stolz angebracht hatte. Als Zeichen der neuen Zeit und der neuen Machtverhältnisse. Seine Straße der SA.

Das ausgefahrene Kopfsteinpflaster schüttelte ihn mächtig durch. Beim Janz war er vorbei und auch an seinem eigenen Hof und dem der alten Limbach mit ihrem halben Schorsch. Ein wenig ging es jetzt noch bergauf. Eine Steigung, die man nur mit dem Fahrrad, aber kaum mit dem Pferdefuhrwerk spüren konnte. Aber wer hatte in diesen Zeiten noch ein Pferd? Der Viehdoktor aus dem Nachbardorf und die Hebamme. Sie teilten sich eines. Alter klappriger Gaul, der beim ersten Schuss an der Front umfiel und nicht mal mehr für eine harte Wurst taugte.

Er hatte recht gehabt! Ein offener Lastwagen und ein Kübelwagen daneben. Sein Herz schlug fester in seiner Brust. Schneller konnte es kaum. Trotzdem hatte er das Gefühl zu ersticken. Er keuchte und rang nach Luft. Seine Kehle war zugeschnürt. Hatte ihn doch jemand gesehen in der Nacht? Das große Aufgebot deswegen? Sie suchten den Täter, sie suchten ihn. Seine Beine gaben in diesem Moment auf. Sie kapitulierten vor der Erschöpfung, vor den Krämpfen in beiden Waden. Ein paar Meter noch rollte das Fahrrad aus, die leichte Steigung hinauf. Dann stand er. Dreißig Meter entfernt von den beiden Fahrzeugen. An der langen Schnauze des Lastkraftwagens, der als Mannschaftstransporter diente, lehnte lässig ein Soldat. In seinem Mund steckte eine Zigarette und trotzdem gelang es ihm noch ein herausforderndes Grinsen zustande zu bringen. Es war kein Mensch sonst zu sehen. Auch schon durch das ganze Dorf nicht. Er hatte nicht darauf geachtet. Die Gedanken irgendwo und die Lunge auf der gierigen Suche nach Luft. Zu wenig Sauerstoff schien dort oben in seinem Kopf angekommen zu sein. Kein Platz für einen klaren Gedanken. Wo war der Rest?

„Schaffen Sie mir alle Männer bei, die es hier in diesem Drecknest noch gibt. Egal in welchem Alter." Eine Stimme, die noch niemandem gehörte. Hinter dem Lastwagen mussten sie stehen. Schritte waren jetzt auch zu hören. Zwei Soldaten kamen aus der Deckung und auf die Straße. Noch hatten sie ihn nicht gesehen. Der am Lastwagen lehnende Soldat regte sich nicht. Er produzierte weiter dünnen Qualm und grinste dazu dämlich vor sich hin.

„Herr Hauptmann, wir werden jedes Gehöft durchkämmen müssen. Freiwillig kommt doch keiner raus."

„Nehmen Sie sich vier Mann. Der Rest soll schon anfangen. Es sind genug Scheunen hier oben hinter den Häusern."

Für einen kurzen Moment hielt der Hauptmann inne. Ein älterer Mann auf diese Entfernung. Ein wenig gebeugt stand er da, den Kopf nach vorne geschoben in seine Richtung. Er sah ihn dennoch nicht an, an ihm vorbei oder hindurch. Mit seinen Gedanken beschäftigt. Sein Gesicht wirkte faltig. Eine lange Nase stach hervor. Er war nicht sonderlich groß. Seine Beine wirkten trotzdem lang und dünn. Sie nahmen mehr Höhe ein, als ihnen im Vergleich zum Rest des Körpers zugestanden hätte.

„Und mit dem, was Sie zusammentreiben können, kümmern Sie sich um die andere Seite des Dorfes. Wäre doch gelacht, wenn wir das nicht hinbekämen!" Er versuchte zu lachen. Doch mehr als ein heiseres Krächzen, das nach einem Räuspern klang, kam nicht aus ihm heraus.

Jetzt hatte er ihn gesehen, der gebeugte Ältere. Es war eine Bewegung in seinem Gesicht, die er nicht zu deuten vermochte. Ein Grinsen vielleicht, das sich aber weder für die gutmütige noch die gehässige Seite zu entscheiden vermochte. Irgendwo dazwischen war es hängen geblieben. Unentschieden, auf die Entfernung, die noch zwischen ihnen lag.

„Kommen Sie her!" Er signalisierte dem Soldaten mit einer angedeuteten Geste, dass sie fertig waren. „Kommen Sie schon!"

Der scharfe Ton in der Stimme des anderen ließ ihn augenblicklich gehorchen. Er stieg von seinem Fahrrad und schob es neben sich her. „Endlich mal ein Mensch hier in diesem Dorf und dann auch noch ein Mann.“ Jetzt verzogen sich die Falten in seinem Gesicht noch ein Stück mehr. Das Grinsen schien sich für seine gehässige Variante entschieden zu haben. „Ich dachte, wir hätten schon alle an der Waffe und im Feld, aber anscheinend gibt es da noch stille Reserven zu heben.“ Sein gebeugter Oberkörper zuckte ein paarmal. Vielleicht war das einem Lachen ähnlich. Aber ganz ohne Ton. Mengel war jetzt bis auf wenige Meter an ihn herangetreten. Der rauchende Soldat am Lastwagen hatte seinen Blick nicht verändert. Er stand auf seiner Höhe und fixierte weiter lächelnd den Punkt, den er auch schon die ganze Zeit über angestarrt hatte. Irgendwo in weiter Ferne. Seine Zigarette hatte mittlerweile eine gefährliche Kürze erreicht. Die Glut schien den letzten kleinen Rest Tabak direkt auf seiner Unterlippe verzehren zu wollen. Er machte keine Anstalten, dem Einhalt zu gebieten.

Nur aus den Augenwinkeln bekam er das mit. Seinen Blick hielt er starr nach vorne gerichtet. Die Unsicherheit zerfraß ihn. Er war klatschnass von der gehetzten Fahrt hierher. Seine wenigen dünnen Haare klebten auf seinem fleischigen Kopf fest. Sicher leuchteten seine roten Backen weithin sichtbar adrig. Durch seinen rasenden Herzschlag hindurch konnte er sein eigenes Hecheln hören. Die schnappende Atmung eines viel zu dicken Menschen, der um Luft rang und nie genug zu bekommen schien.

„Sie stehen gut im Saft.“ Der alte Hauptmann grinste jetzt noch faltiger und breiter. „Sie kann ich gebrauchen.“

Noch einmal sog er schnaufend Luft in sich hinein, um gehetzt ein paar Worte herauszupressen. Dabei versuchte er, notdürftig Haltung anzunehmen. „Heinrich Mengel." Zwei weitere tiefe Züge. Der letzte hatte einen zart pfeifenden Ton als Beigabe produziert. „Ich bin der oberste Parteiführer hier im Dorf." Er versuchte sich dabei noch mehr zu straffen. Die Brust drückte er nach vorne oben und seinen ordentlichen Bauch zog er auf Kosten der Luftzufuhr ein. Verdammt, warum hatte er gerade jetzt seine Parteiuniform nicht an? Nur ein paar Sekunden noch gelang es ihm, die krampfhafte Haltung weiter durchzustehen. Dann bebte sein gesamter Oberkörper unter dem Sauerstoffmangel. Kleine blitzende Sternchen explodierten auf seiner Netzhaut. Ein Feuerwerk, das ihm die Sicht nahm und Dunkelheit schuf, anstatt alles in gleißende Helligkeit zu tauchen. Er schnappte wieder nach Luft und versuchte dabei Worte zu formen. Abgehackt purzelten die aus seinem Mund. „Was machen Sie hier? Haben Sie den Täter schon, diesen grausamen Verbrecher?"

Der Blick des alten Hauptmanns wanderte musternd an ihm hinunter, bis zu seinen klobigen Feldschuhen mit den dicken genagelten Sohlen. Von da unten vermaß er ihn mit dem gleichen Blick noch einmal in entgegengesetzter Richtung.

„Haben Sie gedient?"

„3. Großherzoglich-Hessisches Infanterie-Leibregiment 117!", hustete er heraus. Einmal schnaufen, um schnell noch ein paar hektische Worte anzufügen. „Mit neunzehn Obergefreiter. Flandern 1917. Unter Giftgas gelegen. Danach dienstuntauglich, Probleme mit der Atmung!"

Das Grinsen des Hauptmanns verschob sich hin zu einem Lächeln. Er zeigte jetzt ein paar gerade, aber gelbe Zähne. „Gut, dann stehen Sie bequem." Der alte Hauptmann verschränkte die Arme hinter dem Rücken und ging langsam um ihn herum. Dabei ließ er inspizierend seinen Blick an ihm auf und ab wandern. Angestrengt war Mengel bemüht, Haltung zu wahren. Unsicher schwitzend.

Die Uniform! Er brauchte seine Parteiuniform. Heute Morgen hatte er kurz überlegt und sie in die Hand genommen, den schweren Bügel, auf dem sie hing. Er hatte nicht darüber nachgedacht, sie in die Weinberge anzuziehen. Das wäre idiotisch. Seine Gedanken waren in ganz andere Richtungen gezogen. Was, wenn sie schneller kamen? Die Amerikaner. Blieb dann überhaupt noch ausreichend Zeit, alles sicher verschwinden zu lassen? Er hatte es dabei gedreht. Das Goldene Parteiabzeichen hielt seinen Blick einen Moment. Er war damit als Alter Kämpfer der Partei zu erkennen. Auf der Rückseite zeigte die Gravur seine Parteinummer an. Er wusste, dass sie ihn um dieses Abzeichen beneideten. Es hatte ihn begleitet. Auch die beiden Uniformen davor hatte es schon geziert. Wohin damit? Wenn er eine Aussicht auf Schonung haben sollte, dann musste das alles gut und sicher verschwinden. Aber so, dass es zur Not auch wieder herbeizuholen wäre, falls sie die Front doch noch zum Stillstand brachten. Die Strohhaufen in seiner Scheune, der alte Brunnen vor dem Keller oder doch gleich dort unten. Zwei Holzfässer lagen leer. Ein Bündel geschnürt, und das innen aufgehängt. Ein kleiner Haken nur ins Holz gedreht. Das Fasstürchen zu und eine halbe Stunde Wasser hineingepumpt. Keiner würde ein halb volles, verschlossenes Weinfass öffnen. Und zur Not kam er doch noch an alles dran. Es waren so unsichere Tage. Man musste für alles gewappnet sein.

Seine Uniform hätte er auf dem Weg hierher anziehen sollen. Dann würde der Alte mehr Respekt zeigen. Er schwitzte weiter. Sein Körper trieb noch immer salzige Flüssigkeit aus ihm hinaus, obwohl er doch schon lange nicht mehr auf seinem Fahrrad strampelte. Eine glühende Hitze in seinem dröhnenden Schädel. Wenn sie alle Männer des Dorfes zusammentrieben, dann hatten sie zumindest noch keinen Schuldigen ausgemacht. Dieser Gedanke verschaffte ihm eine kleine Atempause. Sein Puls ging ruhiger und auch nach Luft schnappte er nicht mehr hektisch.

Der Alte war herum und stand nun wieder vor ihm. Seinem herausfordernden Grinsen suchte Mengel jetzt standzuhalten. „Was machen Sie hier?"

Der Blick des Hauptmanns hatte jetzt etwas Lauerndes. „Wir haben Befehl, das Dorf zur Verteidigungsstellung auszubauen." Er hielt kurz inne, um am Gesicht seines Gegenübers eine Reaktion ablesen zu können. „Alle Ortschaften entlang der großen Verbindungsstraße zur Stadt betrifft das. Panzersperren, Sandsackstellungen, ein MG. Die Stellung ist mit allen Mitteln zu halten, um die geordnete Rücknahme der Front auf die andere Seite des Flusses abzusichern."

Mengel spürte, wie der Druck von ihm wich. Die kühle Luft tat gut. Erfrischend war sie. Und er hatte auch das Gefühl, dass seine Wangen nun weniger rot und heiß wirkten.

„Ausreichend Verstärkung wird uns noch zugeführt werden. Wir sind das Vorauskommando. Ihrer Ortschaft kommt aufgrund der natürlichen Gegebenheiten eine Schlüsselstellung in der Verteidigungslinie zu. Der Wall um das Dorf und die gute Sicht über einen großen Teil der Ebene." Er nickte dazu. „Ich habe den militärischen Befehl hier und erwarte vollste Unterstützung. Wir brauchen alle verfügbaren Kräfte. Material für die Errichtung von Panzersperren auf beiden Seiten des Ortes."

Der Hauptmann hielt kurz inne und wippte auf den Zehenspitzen ein paarmal auf und nieder. „Und räumen Sie uns ein Haus für meinen Trupp."

Mengel schob sich in die Höhe. Einen guten Kopf war er größer als der Alte. Jetzt musste er zuerst nach Hause, um seine Uniform anzuziehen. Er spürte die Bewegung um den Mund. Tatsächlich – er grinste. So hätte sich Heinrich Mengel jetzt selbst gerne gesehen.

Zwanzig

„Hör auf zu brüllen! Sei ruhig!"

Er aber schrie weiter, laut, wie ein angeschossenes Tier. Der fremde Soldat mit den wirren blonden Haaren kam ein paar Schritte auf ihn zu. Georg Limbach wich zurück und versuchte, noch lauter zu schreien. Das hielt den anderen auf, der blieb stehen. Er holte wieder Luft. Durch den vielen Schleim, der in seinem Rachen hing, klang es wie ein Knurren. Es gefiel ihm. Etwas Drohendes hörte er heraus. Ruhe für einen Moment, in dem er ihn betrachten konnte. Ein knochiges Gesicht, gar nicht alt. So wie er vielleicht. Oder auch nicht. Sein schnell blinzelndes Auge erschwerte ihm eine klare Einschätzung. Immer wieder zuckte jetzt auch sein linkes Auge mit. Im Takt zum rechten. Kurze Schwärze, die den anderen aber nicht verschwinden ließ. Er war noch immer da. Beide Arme hatte er mittlerweile ausgestreckt, seine Handflächen leuchteten weiß. Stroh hing an ihm. Gespickt damit war seine ganze schlechte Uniform. Und auch in seinen blonden Haaren hingen Halme. Da waren sie nur schwerer zu erkennen, weil alles eine Farbe hatte. Haare und Stroh. Die Haare gedreht, das Stroh staksig gerade. Er atmete fester, um das Knurren gefährlicher erklingen zu lassen. Durch seinen weit offen stehenden Mund flog zäher Schleim heraus. Jetzt klang es nur noch wie das Hecheln eines Hundes. Gar nicht mehr drohend, gehetzt nur noch. Er kniff die Lippen zusammen und atmete leise schnaufend durch die Nase weiter. Er streckte seinen Arm nach vorne. Den linken, weil nur der noch einen ganzen Zeigefinger besaß. Wie den Lauf einer

Pistole richtete er ihn auf seinen Widersacher. Auch wenn er genau wusste, dass er ihn damit kaum wegjagen würde. Bei ihr hatte er gelegen. Dort, wo eigentlich sein Platz war. Er spürte den Hass, der in ihm aufstieg. Die Wut, die Tränen in seine Augen schießen ließ. Der Feind musste verschwinden, raus hier. Die Kugel in seinem Kopf summte. Ein monotones Brummen. Die Lippen, die er jetzt krampfhaft fest geschlossen hielt, zuckten.

„Du sollst raus hier." Er zischte die Botschaft in seine Richtung. Nicht laut, aber so, dass er es hören musste. „Sofort."

Der Soldat bewegte die Arme langsam auf und nieder und machte keine Anstalten zu verschwinden. „Ruhig bleiben. Ich will dir nichts tun."

Er fuchtelte mit seinem ausgestreckten Finger umher. Worte fielen ihm dazu nicht ein. Er blinzelte Tränen heraus, die sich als kleine Tröpfchen in seinen Wimpern verfingen. Der Feind blieb, weil er gar nicht weg konnte. Die Leiter hatte er doch selbst hochgezogen. Und wenn er nicht da hinunterkonnte, dann blieb er bei ihr. Dann würden sie ihn vertreiben. Schon wieder. Er jagte weiter seinen einzigen Zeigefinger durch die Luft. Vielleicht sollte er doch schreien. Aber dann würden noch mehr hierherkommen und bestimmt nähmen sie dann auch sie mit. Der musste weg, hinunter, damit er sie wieder für sich alleine hatte.

Er behielt ihn im Blick seiner blinzelnden Augenlider, während er nach dem Seil griff. Seine linke Hand zitterte.

„Was machst du da? Bleib hier. Ich will dir doch nichts tun." Der Feind kam ein Stück näher, eins, zwei, drei kleine leise Schritte auf dem verstreuten Stroh. Immer näher, viel zu nahe heran an ihn. Hektisch zerrte er am Seil, um die Leiter leicht vom Boden anzuheben. Sie musste frei schwebend sachte pendeln, damit er im richtigen Moment die Öffnung traf und sie nach unten gleiten konnte.

„Weg!"

Er schrie in sein großes Gesicht. Mit der Linken hielt er das Seil und versuchte gleichzeitig, ihn und die Öffnung im Boden zu fixieren.

„Geh weg!"

Einen weiteren Schrei schickte er mit reichlich Speichel in seine Richtung. Das hielt ihn zumindest auf. Er blieb kurz vor dem Loch im Zwischenboden stehen. Er spuckte ihm noch mehrmals entgegen. Sauber pendelte die Leiter jetzt frei im Raum. Genau im richtigen Moment gab er ein Stück Seil nach. Geübt war er darin mittlerweile. Nur sonst war mehr Zeit und er ruhiger am Werk. Und sonst immer hatte er sich das Seil um den Bauch geschlungen, damit die Leiter nicht wegrutschte, während er das Seil durch seine Linke gleiten ließ.

„Lass die Leiter hier!"

Streng klang das. Wie ein Befehl.

„Halt an!"

Das hatte er gebrüllt und dabei sein Maul fletschend aufgerissen. Er zuckte zusammen. Das Seil raste durch seine Handfläche. Brennend heißer Schmerz, der ihn laut heulen ließ. Krachend schlug die Leiter unten auf, splitternd, leise folgte ihr das Seil hinterher.

Jetzt war alles verloren. Für sie und ihr gemeinsames Zuhause.

Einundzwanzig

„Ingrid, bist du das?"

Sie hatte die Worte geflüstert, aber gar nicht mal so leise. Sie sollte sie ja schließlich hören, auch durch das Holz des kleinen Türchens auf der Rückseite ihrer Scheune. Sie klopfte mehrmals mit der flachen Hand gegen die rauen vom Wetter gebleichten Bretter. Es blieb dennoch ruhig auf der anderen Seite. Aber da musste jemand sein. Sie hatte es ganz deutlich mitbekommen. Gedämpfte, aber doch gut zu vernehmende Aufschläge. So als ob Holzscheite aus einiger Höhe auf den gepflasterten Boden der Scheune trafen. Darauf hatte sie gewartet, auf ein Geräusch, um ungesehen zu ihrer Nachbarin hineinzukommen. Hinter den Scheunen sah einen meistens keiner. Und wenn doch jemand den Pfad zwischen den Gärten entlangkam, tat man beschäftigt. Deswegen hielt sie auch die schwere Hacke in der Linken. Die glänzte noch gut eingefettet vom Winter, weil niemand sonst hier hinten unterwegs gewesen war und sie sie daher gar nicht einzusetzen brauchte.

Sie blickte sich kurz nach hinten um. Ingrids ordentliche Beete lagen bereit für die Frühjahrsaussaat. Sie musste in den vergangenen Tagen fleißig gewirkt haben. Sie seufzte, weil sie dadurch an das erinnert wurde, was ihr noch bevorstand. Die Beete nebenan, in ihrem Garten, sah man sich besser nicht aus der Nähe an. Sie hatte schon im Herbst nicht richtig umgestochen. Nur ein kleines Stück. Der Rest war totes Unkraut. Braunes Gestrüpp.

Alleine hätte die Hasen-Ingrid ihren Garten auch nicht geschafft. Beide waren sie ein Jahrgang und längst alleine. Die Ingrid war schon zweiundsiebzig, seit Anfang Januar, sie selbst folgte ihr im September. Ihre Nachbarin hatte Hilfe. Das war der Grund. Jedes Jahr im Herbst schickte die Helma Landgraf aus dem Nachbarort ihre beiden Jungs. Vierzehn und fünfzehn waren die und wenn sie sich nicht gerade mit erdig schweren Grasbüscheln bewarfen, stachen sie ganz brauchbar den gesamten Garten um. Ingrid hatte bei deren Vater, dem größten Bauern in der Gegend, über Jahre in der Kartoffelernte mitgeholfen. So etwas vergaß man hier nicht einfach. Auch nicht in Kriegszeiten, wo zupackende Hände mehr denn je fehlten.

„Ingrid! Hier ist die Schuster-Mine. Mach auf."

Sie hatte lauter gerufen. Es war ja doch keiner hier hinten unterwegs, der sie hören konnte. Richtig still war es, wie an einem Sonntag, vor allem draußen auf der Straße. Als ob sie alle in der Kirche säßen. Beten konnte nicht schaden. Aber es lag an den Soldaten, die im Dorf waren. Nur daran. Mit ihrem Erscheinen waren sie alle verschwunden. Alle, die noch davor emsig nach irgendeinem Grund gesucht hatten, um sich auf der Straße herumtreiben zu können. Damit ihnen bloß nichts entging, kein Gerücht über den Tod des Mädchens.

Die meisten glaubten, dass sie sich selbst aufgehängt hatte. So still und in sich gekehrt war die Lore gewesen. Kaum gelacht hat das Kind. Aber sie war dabei gewesen, hinter dem Wall beim großen Kirschbaum. Sie hatte es mit ihren eigenen Augen gesehen, wie sie dasaß, so weiß und tot. Der Strick war um sie geschlungen. Das stimmte schon, aber doch um ihren Bauch. Heruntergerutscht, der heftige Wind in der Nacht, der den Leichnam im Baum schwingen ließ, um ihn dann auf einem Ast abzusetzen. Die, die das behaupteten, waren alle nicht dabei gewesen. Sie hatten es nicht gesehen, wie es wirklich war! Und trotzdem redeten sie ohne Unterlass darüber und sorgten dafür, dass sich die falsche Nachricht verbreitete. Allen, denen sie heute den Tag über auf der Straße begegnet war, hatte sie deswegen beharrlich die Wahrheit klargemacht. Und dennoch war das Misstrauen in etlichen Gesichtern bestehen geblieben. Sie wollten die Wahrheit nicht hören, dass dort draußen einer umging. Der Gedanke daran ließ sie selbst wieder frösteln. Sie drehte sich noch einmal herum. Da ging einer um, der sie sich holte. Die Schuldigen von damals! Das hatte sie aber für sich behalten. Viel zu gefährlich, wenn es die falschen Ohren hörten und mit ihren falschen Lippen an die richtigen weitergaben. Wie schnell würde es ihr dann an den Kragen gehen. Da ging einer um, der Rache nahm. Der Chaussee-Erwin hatte den Jungen vom alten Wies gejagt. Hier hinten durch die Gärten zusammen mit einigen anderen. Sie hatte sie gesehen damals. Mit der Hacke nebenan in ihrem Garten. Hinter den noch kahlen Haselstrauch hatte sie sich gedrückt, vielleicht wären sie sonst auch noch an sie gegangen. Getreten und geschlagen haben sie ihn, bis er ganz blutig dalag. Erst dann haben sie ihn fortgeschleppt in die Feldscheune vom Chaussee-Erwin. Von da ist er später geholt worden, ohne dass ihn noch jemand lebendig gesehen hätte. Nur der Chaussee-Erwin und der Mengel. Und der war jetzt mit den Soldaten unterwegs, von Haus zu Haus, obwohl er doch besser auf seine Frau aufpassen würde. Sie musste schlucken. Es war ein kalter Schauer, der ihr über den Rücken lief.

Einmal noch würde sie es versuchen. Mit der geballten Faust klopfte sie fester gegen das Holz. Unter ihrem dritten Schlag gab das Türchen nach.

„Was machst du für einen Krach hier hinten?"

Die Hasen-Ingrid stand mit einem mächtigen Korb voller Holzscheite vor ihr in der Tür. Den Namen hatte sie ihrem verstorbenen Mann zu verdanken. Hasen hielt jeder und ganz besonders in Zeiten wie den jetzigen, wo man ein Schwein füttern, aber nicht selbst schlachten durfte. Ihr Mann hatte die ganze Scheune voller Käfige gehabt. In die Höhe gestapelte kleine Verschläge, in denen er Hunderte Hasen und Kaninchen hielt. Er züchtete sie und wahrscheinlich stammte jeder heute im Dorf lebende Hase irgendwie von einem dieser Urahnen ab. Die Ingrid hatte die gesamte Zucht nach seinem Tod über mehrere Jahre langsam aufgegessen und im letzten Winter nach und nach die aufgestapelten leeren Hasenkäfige in ihrem Ofen verheizt. Außer ihrer Körperfülle erinnerte damit nichts mehr an die Hasenzucht ihres Mannes. Nur den Namen hatte sie behalten.

„Komm schon rein." Zusammen mit ihrem Korb wandte sie sich ein Stück zur Seite, um Platz zu machen. An ihr vorbei hätte sie es kaum durch das kleine Scheunentürchen geschafft. „Schieb den Riegel wieder zu. Es ist in diesen Zeiten besser, alles verschlossen zu halten."

Schnaufend schlurfte die Hasen-Ingrid vor ihr her. Klein und kugelig war sie. Der schwere Korb verlangsamte ihre ohnehin schon gemächlichen Bewegungen noch zusätzlich. Auch heute steckten ihre Füße, die unter der dunkelblauen, verblichenen Kittelschürze herauslugten wieder in den weiten Filzpantoffeln.

„Immer noch das Wasser?" Sie ging jetzt langsam neben ihr her durch die dunkle Scheune.

„Ja, es will gar nicht weniger werden. Ich komme kaum noch in andere Schuhe. Bis hoch an die Knie ist alles dick vom vielen

Wasser." Mit dem Korb, den sie vor sich hielt, stieß sie das kleine Türchen zum Hof auf. Meistens hielten sie ihren kleinen Plausch hinten in der Scheune. Ein paar Minuten nur, um schnelle Neuigkeiten auszutauschen. Aber so, dass es nicht alle mitbekamen. Man musste sich ja nicht selbst zum Gerede machen. Es gab genug andere, die den halben Vormittag auf der Straße standen, laut schwatzend. Und so sah es dann auch bei ihnen aus. Die Fenster staubig, die keimenden Kartoffeln im Keller und noch keinen Weinberg geschnitten. Ihr fielen auf der Stelle schon drei, vier ein, die sich so zum Gespött machten. Wussten über alles Bescheid, nur nicht, dass daheim alles verkam.

Im kleinen Hof angekommen, stellte die Hasen-Ingrid den Korb mit einem lauten Stoßseufzer vor sich ab.

„Lang kann ich das nicht mehr." Sie atmete schwer. „Es wird Zeit, dass das alles zu Ende geht und der Josef endlich wiederkommt." Sie schnaufte unvermindert weiter. Die Ingrid schien es wirklich noch nicht mitbekommen zu haben. Sonst hätte sie doch schon längst selbst davon erzählt. Sie sah in ihr faltiges Gesicht. Jetzt brauchte es nur noch den richtigen Moment, um die Neuigkeit so zu platzieren, wie es ihrer Bedeutung angemessen war.

„Was meinst du, wie lange halten sie sie noch fest, wenn es vorbei ist?" Die Hasen-Ingrid hing noch ihren eigenen Gedanken nach. Josef, ihr Sohn, war in englische Gefangenschaft geraten. 1940 schon in Frankreich, seither hielten sie ihn in England fest. Ganz so schlecht erging es ihm aber dort nicht. Sie hatte sogar Post von ihm bekommen.

Sie zuckte mit den Schultern. Der richtige Moment war das nicht. Die Sorge der anderen um ihren Sohn. Sie nahm dann gar nicht wahr, was man ihr erzählte. Dafür kannte sie die Ingrid zu gut. Sie nickte zwar und brachte auch ein paar schnelle *jajaja* heraus. Aber zugehört hatte sie trotzdem nicht. Erst musste sie auf andere Gedanken gebracht werden.

„Die Soldaten sind im Dorf." Die Schuster-Mine hatte jetzt ihren ganz persönlichen Schlachtplan für das Gespräch mit ihrer Nachbarin gefunden. Es war ihre Neuigkeit, nur sie alleine wusste das und daher sollte es auch entsprechende Würdigung erfahren. Auch wenn es ihr außerordentlich schwerfiel, nicht sofort damit herauszuplatzen, war sie sich doch sicher, dass dieser Umweg absolut notwendig war.

Die Hasen-Ingrid sah sie aus fragenden Augen an.

„Der Mengel ist unterwegs mit ihnen." Sie schnaubte verächtlich, weil sie wusste, dass auch ihre Nachbarin keine Möglichkeit ausließ, ein paar boshafte Bemerkungen über ihn fallen zu lassen. Ganz leise aber dann, dazwischengeflüstert und nur hier in den eigenen vier Wänden. Man wusste ja längst, auf wen man sich verlassen konnte.

„Herausgeputzt wie ein Gockel stolziert er in der Uniform voraus. Die Orden auf der Brust. Und drei Mann dabei. So als ob er den Oberbefehl übernommen hat." Sie schüttelte den Kopf und lachte dazu tonlos. „Wird nicht mehr lange dauern, dann sind sie auch hier. Sie nehmen alles mit, was sie gebrauchen können. An beiden Ortseingängen bauen sie daraus Panzersperren. Holz, Eisen, alles schleppen sie mit. Bei der Hinnergässer-Marie haben sie den alten Heuwagen geholt und hinter dem Lastwagen die Straße hochgezogen. Der steht jetzt in Richtung Stadt quer, als ob es da noch etwas zu verteidigen gäbe. Es sind doch nur noch Trümmer, rauchende qualmende Reste." Sie hielt kurz inne, um gedämpft fortzufahren. „Und so viele Tote." Sie schüttelte wieder den Kopf. Die Hasen-Ingrid sah sie aufmerksam aus großen Augen an. Bald hatte sie sie so weit.

„Und der Mengel führt sich wieder auf. Wer nicht gleich da ist, wird herausgebrüllt von ihm. *Ich weiß, dass ihr drinnen seid, macht auf, sonst treten wir die Tür ein.* Ist doch klar, dass jeder daheim sitzt. Das weiß der auch. Und der fette Gockel kreischt herum."

„Das letzte Krähen auf seinem Misthaufen."

Die Hasen-Ingrid hatte es geflüstert. Ihr massiger Oberkörper, der zum größten Teil aus zwei mächtigen, weit herunterhängenden Brüsten bestand, schwoll beim Einatmen zusätzlich an. „Der hat bald seine Schlachtreife erreicht. Es muss sich nur noch einer finden, der ihm den Hals umdreht." Dabei blieb sie ganz ruhig.

„Die sollten lieber mal den suchen, der das arme Mädchen umgebracht hat."

Die Schuster-Mine folgte nun der Spur, die sie sich selbst im Geiste vorbereitet und meisterhaft gelegt hatte. Die Aufmerksamkeit der Nachbarin war ihr jetzt sicher. In ihrer Brust legte der Herzschlag sachte zu. Fester und ein wenig schneller, ganz entschlossen der Takt. Aber sie kam nicht weiter, weil die Hasen-Ingrid jetzt drauflosredete. Kaum noch flüsternd, schnelle Worte ausstoßend. „Der Halbe-Schorsch hat sie umgebracht. Da bin ich mir ganz sicher." Sie kam ganz nahe heran. Die Schuster-Mine spürte eine aufsteigende Nervosität in sich, die sie leicht vom einen auf den anderen Fuß tippeln ließ. Immer, wenn sie spürte, dass etwas nicht so verlief, wie sie es sich vorgestellt hatte, dann machte ihr Körper das. Ganz alleine, ohne dass sie es anstieß. Ein leichtes Hin-und Her-Wippen, als Zeichen, dass es in ihr hektisch zuging und sie das nur mit großer Mühe im Zaum zu halten vermochte.

„So was bringt nur ein Irrer zustande. Der treibt sich doch immer da hinten herum." Sie nickte mit ihrem Kopf in die Richtung, in der sich ihr Garten befand, der Wall und weiter weg auch der Kirschbaum. In den kurzen Moment der Stille, wollte sich die Schuster-Mine mit ein paar Worten schieben, um das Gespräch wieder an sich zu ziehen. Doch noch bevor ihr etwas einfallen wollte, das die Unterhaltung wieder auf ihren Pfad zurückführen konnte, redete schon wieder ihre Nachbarin. „Der ist über sie hergefallen da hinten." Sie schnaufte. „Aber festnehmen und bestrafen können sie ihn jetzt nicht mehr." Der vielsagend abwartende Blick der Hasen-Ingrid machte alles zunichte. Woher wusste sie das schon, was sie ihr eigentlich brühwarm berichten wollte? Sie selbst hatte die Mutter vom Halben-Schorsch eben erst gesehen. Ganz in Schwarz, als sie nur zwei Häuser weiter schnell hinter einem Hoftor verschwand. Sie hatte eins und eins zusammengezählt. Die alte Limbach in Schwarz und die abgebrannte Feldscheune. Der Halbe-Schorsch, wer sonst.

„Du weißt das schon?" Das war ihr einfach so rausgerutscht, ohne dass sie es wirklich gewollt hatte. Ein breites Grinsen stellte sich im faltigen Gesicht der Hasen-Ingrid ein. Sie glaubte etwas Triumphierendes darin ablesen zu können.

„Die Limbach hat nach dem Pfarrer aus dem Nachbardorf geschickt." Jetzt blickte sie fast überlegen. „Und heiraten wird sie nicht wollen." Ihr massiger Oberkörper wippte leicht ein paarmal. Ein stilles Lachen, das sie nur für sich anzustimmen schien. Schnell stand die Ingrid aber auch schon wieder ganz ruhig und fixierte sie. Der Blick, der verriet, dass noch etwas kam. Mehr und eine deutliche Steigerung dessen, was sie selbst ihr hatte mitteilen wollen. Ganz nah schob sie ihren fleischigen runden Oberkörper an sie heran. Ein tonloses Flüstern.

„Weißt du, wen ich in der Nacht, in der sie umgebracht wurde, noch draußen gesehen habe?“ Mine hielt inne, um die Spannung anzuheizen. Sie schüttelte ganz leicht den Kopf, mehrmals, damit die Ingrid endlich weitermachte. Das war typisch für sie. Anfangen und dann nicht vorankommen. In die Länge ziehend, um es auszukosten. Und meistens war es dann doch nur halb so wild. Viel Rauch um nichts.

„Die Hinkende war nicht aufzutreiben.“ Wieder eine Pause. Jeder Satz einzeln. Als ob sie sie suchen musste, mühsam. In die richtige Reihenfolge ordnen. „Die soll nicht bei einem anderen im Suppentopf landen. Zurückgebracht hätte sie doch keiner. Also bin ich rum und hab sie gesucht.“ Die nächste Pause. Bevor wieder ein paar Happen kamen. Das entflohene Suppenhuhn. „Da stand er. Mit der Lore. Der Mengel.“ Seinen Namen hatte sie gar nicht ausgesprochen. Die Buchstaben nur mit ihren Lippen geformt. Kein Ton. Ihr Schlucken verriet, dass sie endgültig fertig war.

„Das darfst du nicht erzählen. Der hängt dich noch auf, bevor sie kommen.“

Zweiundzwanzig

„Aufmachen!" Heinrich Mengel brüllte gegen das mächtige Hoftor. Er versuchte, seiner Stimme einen dunkleren Klang als sonst zu geben. Sie sollten gehorchen, wenn er rief und bisher hatten sie das auch alle sehr bereitwillig getan. Still, nickend. In manchen Gesichtern hatte er gesehen, dass es ihnen widerstrebte. Er war ja nicht blind. Aber sie hatten sich gefügt, ihm, seiner Uniform, den klaren Anweisungen und auch den drei Soldaten, die ihm folgten. Ohne die wären es vielleicht ein paar Widerworte gewesen, Diskussionen um den alten Heuwagen, den rostigen Pflug, der ohne Pferd ja doch sinnlos war. Aber auch dann hätte er alles bekommen. Sie verstanden, dass er es war, der zu befehlen hatte. Über die Jahre hatten sie sich daran gewöhnt und es akzeptiert. Das änderte sich jetzt nicht einfach so.

Er hörte langsame schlurfende Schritte. Es war wichtig, Entschlossenheit zu zeigen, keine Gnade. Gnade war Schwäche und seine Schwäche ließ sie sich stark fühlen.

„Aufmachen! Schnell!" Mit seiner fleischigen Faust hieb er mehrmals kräftig gegen das dunkle Holz. Das Hoftor gab den Klang verstärkt weiter. Ein donnerndes Grollen fast. Das gefiel ihm. Er startete noch einmal sein gleichmäßiges Trommelfeuer. Die Tritte seines rechten Fußes unterstützten das im gleichen Takt. Die drei Soldaten hielten ein paar Schritte Abstand. Die Gewehre lässig vor dem Bauch.

„Ich bin ja schon unterwegs!" Ein Riegel wurde bewegt und das Türchen im großen Tor aufgezogen. Der Janz stand da, sein

Nachbar, leicht gebeugt. Mehr als sonst. Alt wollte er wirken. Älter. Das hatten auch schon ein paar andere genau so gemacht. Wenn man sie so kannte wie er, wusste er woran er war. Gestern fuhren sie noch mit dem Rad in ihre Weinberge, heute humpelten sie schwerfällig über ihren Hof. Gebeugt und gedrückt von einer unsichtbaren Last, die augenblicklich wieder verschwand, wenn sich hinter ihm das Türchen geschlossen hatte.

„Lass uns rein, Wilhelm! Wir haben Befehl, alles abzuholen, was sich für den Bau von Panzersperren eignet. Du hast doch noch den alten Heuwagen, den nehmen wir mit." Er suchte den Blick seines Gegenübers. Der Janz blieb im Türchen stehen.

„Der Wagen ist weg. Ich habe sonst nichts mehr."

„Geh zur Seite. Das sehen wir uns selbst an!" Er drehte sich um und nickte den Soldaten hinter sich auffordernd zu. Einen Schritt trat er auf den Janz zu, um ihm zu bedeuten, dass er den Durchgang räumen sollte.

„Warum holt ihr nicht bei dir die Kutsche und den großen Pferdeschlitten? Damit ist die Straße schnell zugestellt." Der Janz sah ihn böse an. Die Augen hatte er fast zugekniffen. Mengel spürte, wie sein Herz fester schlug. Mehr Blut für seinen Schädel, der schlagartig Hitze signalisierte. Was wollte der Janz? Er tat noch einen Schritt auf den Alten zu und setzte seine rechte Hand auf dessen Brust. Mit sanftem Druck schob er ihn vom Türchen weg in seinen Hof zurück. „Wir haben keine Zeit für solche Spielchen. Entweder du gibst heraus, was wir brauchen oder wir holen es uns." Er schnaubte dem Janz ins Gesicht. „Hier an unserem Wall werden wir sie aufhalten. Es ist der Moment, das Blatt zu wenden. Die Verstärkung ist im Anmarsch. Wir werden in die Geschichte eingehen, ruhmreich. Unser Dorf!"

Das Grinsen im Gesicht des Alten brachte ihn aus dem Tritt. Er hatte eigentlich noch ein paar Sätze hinterherschieben wollen. Große Sätze von Volk, Führer und Vaterland, ihrer Pflicht, den Feind zu stellen noch vor der Stadt. Sätze, die er sich zurechtgelegt hatte und auch an anderen Hoftoren schon losgeworden war. Das Grinsen des alten Janz machte es zunichte. Der hatte schon immer gegen alles gelästert, aber dann doch sein Maul gehalten, wenn es gefährlich für ihn wurde.

„Die schießen unser Nest in ein paar Minuten kurz und klein. Da kannst du so viele Heuwagen übereinanderstapeln, wie du willst." Ganz leise hatte er das geflüstert, sodass es nur sie beide hatten hören können. Er schob sich ganz nahe an den Alten heran. So dicht an sein Gesicht, dass er seinen Atem roch. Seine Hand drückte weiter auf seine Brust. Der Alte hielt mit seinem knochigen Oberkörper dagegen.

„Dann pass auf, dass wir dich nicht ganz vorne an die Panzersperre stellen. Da kannst du deinen Siegeswillen unter Beweis stellen." Mit einem kräftigen Stoß schubste er ihn von sich. Der Alte sah ihn finster an und schwieg. Sicher nur, weil die drei Soldaten durch das Türchen nachdrängten.

„Hinten in der Scheune muss der Heuwagen stehen. Größer noch als der, den wir vorhin geholt haben. Vielleicht finden sich ja noch mehr brauchbare Dinge dort. Ich komme gleich hinterher, wenn ich hier noch etwas geklärt habe." Insgeheim hoffte er, dass sie ihm seinen Befehlston nicht nachtragen würden. Aber wahrscheinlich waren sie froh, dass sie sich zunächst ungestört umsehen konnten. Der kleinere der drei Männer hatte vorhin bei der Schuster-Mine schon ein paar ordentliche Kartoffeln eingesteckt, als er glaubte, unbeobachtet zu sein. Erst da war ihm aufgefallen, dass auch die Taschen der beiden anderen mittlerweile reichlich ausgebeult waren. Nützlicher Kleinkram für den Eigenbedarf.

Der Janz sah den dreien nach für einen kurzen Moment, um ihn dann wieder feindselig anzustarren. Es war der Geruch hier in diesem Hof, der ihn selbst hielt. Und die Sturheit des Alten.

„Du trägst die Schuld, wenn hier alles kaputtgeschossen wird. Glaubst du wirklich ein paar alte Heuwagen und eine Handvoll Landser halten die Panzer auf?" Der Alte blickte kurz wieder nach hinten in Richtung Scheune. Die drei waren mittlerweile darin verschwunden. Er sprach jetzt lauter, kein Flüstern mehr, gedämpfte Worte. „Es ist vorbei!" Er schnaufte. „Sie sind nicht mehr aufzuhalten." Der Janz fasste ihn am Ärmel. Er spürte seine knochige Hand, auch wenn er nur den Stoff hielt. „Du musst vernünftig sein. Was bringt es, alles in Asche legen zu lassen, was unsere Väter und Großväter aufgebaut haben? Wir müssen weiterleben. Trümmer gibt es schon mehr als genug!" Er zerrte jetzt regelrecht an seinem Arm.

„Ein Heuwagen und noch ein paar große Holzfässer!" Es war der kleinere der drei Soldaten, der vom Scheunentor rief. Der Alte ließ von ihm ab. Er reckte sich, froh aus der Umklammerung herausgekommen zu sein.

„Es riecht nach Wurst hier, nach frischer Wurst. Ich schicke nachher meine Frau rüber. Unsere Soldaten haben es verdient, dass wir ihnen ein paar frische Leberwürste zum Abendessen servieren. Sie sollen uns schließlich beschützen vor den Schwarzen. Du glaubst doch nicht wirklich, dass die uns davonkommen lassen. Die freuen sich schon auf unsere Frauen. Uns Männer schlitzen sie auf, die Neger. Und unsere Frauen werden flehen, dass sie auch so schnell erlöst werden."

Dreiundzwanzig

Sie hatte ihn gehört. Gestern schon. Direkt über ihr. Er schlich, aber nicht so leise, dass sie es nicht mitbekommen hätte. Das konnte er gar nicht. Das Knarren der alten abgelaufenen Dielen. Sie gaben nach unter seinen ungelenken Bewegungen. Auch jemand, der nicht so humpelte wie er, bekam das nicht geräuschlos hin. Es knarrte und knackte, weil etliche Bretter nachgaben. Das hatte sie ganz deutlich vernommen. Sie hatte sich zunächst erschrocken und ein wenig aufsteigende Angst gefühlt. Die Geräusche waren aber zu bekannt gewesen. Geräusche, die in ihre Ohren schon so oft eingedrungen waren. Bekanntes Knarren. Er schlich sich über ihr zur Vorratskammer. Dann war es eine Zeit lang ruhig gewesen. Vielleicht aß er etwas von dem eingekochten Obst, das dort oben stand. Er mochte die Mirabellen. Aber als sie später nachsah, fehlten nur ein paar Gläser. Es standen ansonsten nur volle Einmachgläser da, unberührt. Er musste sich den Rucksack beladen haben. Seine Schritte herunter klangen schwerer als sonst. Jetzt war Georg wieder weg und sie konnte weiter hier sitzen in ihrer Küche, als ob nichts gewesen wäre.

Er lebte noch und sie hatte darüber Freude empfunden. Lange hatte sie nachgedacht und dann doch beschlossen, dass es so bleiben sollte, wie es war. Sie hatte ihn ja eigentlich gar nicht gehört. Er war nicht da gewesen hier in ihrem Haus. Es waren ihre Gedanken, die Geräusche erzeugten. Das Knarren der Dielen hörte man auch, ohne dass jemand herumschlich. Ständig. Ihr Sohn war verbrannt dort oben in der Feldscheune und sie behielt die schwarze Trauerkleidung an. Auch, weil sie so über ihn redeten. Mehrmals hatte sie es schon gehört und daher war es besser so. Sie redeten schlecht und böse über ihren Jungen.

Die beiden hinter der Scheune im Garten. Sie hatte sie belauscht. Nicht, weil sie das immer tat. Es war ihr schon lange egal, was andere sagten. Sie ging allen aus dem Weg. Lauschte leise nach hinten, bevor sie hinausging. Und auch nach vorne machte sie es so. Sie beobachtete hinter den Gardinen die Straße. Wenn niemand zu sehen war, verließ sie das Haus. Auf diese Weise konnte man fast allen aus dem Weg gehen. Man musste nur ein wenig aufmerksam sein und auch mal einen Umweg laufen, wenn sie draußen beieinanderstanden. Die Köpfe zusammengesteckt. Meistens gingen sie von selbst schon weiter, noch bevor sie dazukam.

Die beiden hinten im Garten hatten sie nicht gehört und nicht gesehen, obwohl sie schon länger draußen war. Sie hatte sich an ihre eigene Scheunenwand gepresst, weil sie ihr geheucheltes Mitleid nicht ertragen wollte. *Mein Beileid. Es war doch besser für ihn, dass er jetzt erlöst wurde.* Was wussten die schon von ihm. Deswegen war sie ganz ruhig stehen geblieben und die beiden hatten sie nicht wahrgenommen. Ruhiger Atem, der nur am sanften Dampfen aus ihrem Mund zu erkennen war. Kein Laut. Er soll sie umgebracht haben. Das arme Mädchen, oben im Kirschbaum. Ihr Junge, der Mörder. Der Halbe-Schorsch, wie sie ihn dann nannten, wenn sie sich sicher waren, dass sie nicht gehört wurden. Aufgelauert hat er ihr, wie er schon anderen aufgelauert hatte. Auf seine Möglichkeit wartend. Sie hat sich gewehrt und musste deshalb sterben. Nur ein Irrer bindet sie nackt in den Baum. Aber wie hätte er das denn machen sollen?

Nur ein Arm, schwach und ohne klaren Gedanken. Er konnte fauchen, aber doch nicht wirklich jemandem wehtun. *Er wird es gewesen sein. Und seine Strafe hat er gleich darauf bekommen. Das arme Mädchen und die bemitleidenswerte Mutter dazu.*

Es war besser, dass er sich versteckt hielt. Deshalb hatte sie auch nach dem Pfarrer geschickt. Morgen wollte er kommen. Sollten sie ruhig glauben, dass er tot war. Sie stellte noch eine weitere brennende Kerze auf. Direkt neben die erste, die schon weit heruntergebrannt war. Eine Kerze am hellen Tage. Hoffentlich hatte er reichlich Obstgläser mitgenommen, damit er eine Zeit lang wegbleiben konnte. Er hatte im Hinausgehen gut hörbar eine Melodie gesummt.

Vierundzwanzig

Die Leiter lag gut vier Meter unter ihnen auf dem harten Boden. Der Idiot starrte ihn weiter an. Zumindest mit dem Schreien hatte er endlich aufgehört. Er winselte leise vor sich hin und rieb sich mit dem Stumpf über seine Handfläche.

Jetzt saß er hier oben fest. Gefangen. Ein Sprung hinunter war sinnlos. Der war kaum ohne Knochenbrüche zu überstehen. Es blieb ja ausreichend Zeit zum Nachdenken. Sein Oberkörper zuckte ein paarmal, dabei stieß er kaum hörbar Luft aus. Ein bescheuertes Lachen ohne Ton. Nicht weit von den Lauten entfernt, die der da drüben ausstieß. Am liebsten wäre er ihm jetzt an die Kehle gegangen, mit gezogenem Messer. Das hatte er hinten in seinem Gürtel griffbereit. Das Problem war damit aber nur zum Teil gelöst. Bis er unten war, hatten sie ihn vielleicht schon längst gefunden. So konnte er sich noch rausreden. Der Lärm in der Scheune, er selbst auf dem Rückzug, auf der Suche nach anderen versprengten Kameraden, um wieder Anschluss an Truppenteile zu bekommen. Der Idiot hatte die Leiter runtergeworfen. Er brauchte Zeit. Bis heute Abend, ein paar Stunden nur, um dann in der Dunkelheit weiterzukommen. Fort von hier, bevor die Front ihn eingeholt hatte. Der musste nur ruhig bleiben und das würde problematisch genug sein. Sein hysterisches Gekreische. Es musste nur einer draußen vorbeilaufen, dann hatten sie ihn sofort wieder. Am besten noch die Typen, die vorhin hier entlanggefahren waren. Im Dorf hinter dem Erdwall saßen sie und warteten auf die nächste Entscheidungsschlacht. Noch mal würde er nicht wieder so viel

Glück haben. Er musste also irgendwie mit dem Idioten zurechtkommen. Ein paar Stunden nur.

Langsam drehte er seinen Kopf. Das Stroh reichte aus. Unten lag wenig davon. Aber die Bündel hier oben und die vielen losen Haufen würden einen ordentlichen Strohberg dort unten ergeben. Es war genau gesehen auch die einzige Chance, die er hatte. Vorsichtig setzte er einen Schritt zurück, um dem Krüppel zu zeigen, dass er ihn in Ruhe ließ. Dann musste er sich doch beruhigen. Er reagierte sofort auf seine Bewegung. Aus einem schmerzverzerrten Gesicht sah er ihn an. Seine Rechte ohne Finger rieb noch immer die Handfläche der linken.

„Weg da!", spuckte er heraus.

Er blieb vorsichtshalber stehen.

„Ich würde ja gerne gehen, aber ohne Leiter kann ich da nicht runter." Er hatte leise und ganz langsam gesprochen wie mit einem Kleinkind. Es kostete ihn Überwindung. Viel lieber hätte er ihm zwei gezielte Schläge unters Kinn und auf die Schläfe verpasst, um ihn für eine halbe Stunde in tiefen Schlaf zu schicken. Danach würde er aber nur wieder heiser herumschreien und sicher noch lauter.

„Weg da!" Leiser war er jetzt auch.

„Wohin soll ich?" Er führte beide Arme erst nach links und dann nach rechts. „Sag du mir wohin, dann haben wir beide doch genug Platz hier oben." Er versuchte, dazu freundlich zu lächeln. Ob es ihm gelang, konnte er nicht sagen. Immerhin bewegte der Idiot seinen Kopf hin und her, als ob er nach einem Platz suchte. Für sich oder für ihn, keine Ahnung. Er richtete sich halbwegs auf und rieb seine verletzte Linke jetzt an seinem Hosenbein weiter. Mit der verstümmelten Rechten gestikulierte er.

„Weg da." Er vollführte weiter zuckende Bewegungen mit seiner halben Hand, die ihm die Richtung anzudeuten schien. „Da hinter!" Mit seiner eben noch verletzten Linken rieb er sich mittlerweile über Schläfe und Ohr. Sein linkes Auge blinzelte dazu unregelmäßig.

Er behielt den Kerl im Blick, während er sich langsam mit kleinen tastenden Schritten seitwärts voran bewegte. Weg von der Stelle, auf der das weiße Unterhemd ausgebreitet gelegen hatte und auch der Unterrock. Von dort sollte er weg. Langsam verstand er, um was es dem ging. Jedem Schritt, den er tat, folgte der Krüppel mit einem ebenso großen in die entgegengesetzte Richtung. Im gleichen Tempo, den Blick auf ihn gerichtet, angespannt.

„Du kannst zurück in deine Ecke. Ich nehme gerne die andere."

Er nickte zufrieden. Kurz hielt er humpelnd in der Bewegung inne. Mit einem schnellen Schritt war er an seinem Rucksack, den er packte und an seine Brust zog. Es sah jetzt fast so aus, als ob er lächeln würde. Ein schräg verzogenes Gesicht, kurz geschorene Haare und ein weiter wild blinzelndes linkes Augenlid. Schrittchenweise schoben sie sich weiter im Kreis um die Luke im Boden. Zum Glück konnte ihn so keiner seiner alten Kameraden sehen, sie hätten ihre Freude an ihm. Zumindest die, die noch lebten. Auf ein Tänzchen mit der halben Hand. Er musste sich zwingen, nicht schallend loszulachen. Aber es war nur sein Oberkörper, der zuckende Bewegungen vollführte. Dazu schnaufte er wie ein nervöser Gaul, um den Druck aus seinem Brustkorb zu lassen.

Jetzt hatten sie fast die Positionen getauscht. Der Krüppel hielt inne. Er war dort, wo er hinwollte. Zufrieden stieß er ein paar unverständliche Laute aus und schob sich ein paar Schritte rückwärts. Dabei behielt er den Blonden weiter im Auge. Er war jetzt dort angekommen, wo das Unterhemd auf dem Stroh ausgebreitet gelegen hatte. Davor ließ er vorsichtig seinen Rucksack auf den Boden sinken und brabbelte wieder wirr vor sich hin. Sein Blick ließ jetzt zum ersten Mal, seit sie begonnen hatten sich im Kreis umeinanderzuschieben, von ihm. Mit einem Seufzen sank er auf das Stroh nieder. Seine Linke streichelte über den weißen Unterrock, der vor ihm lag. Dazu murmelte er unverständliche Worte. Teilweise klang es wie eine Melodie, dann wieder abgehackter und ohne Zusammenhang.

Er behielt ihn im Auge und kam nicht näher an ihn heran. Alles, was er an Stroh hinter sich und um sich herum fassen konnte, schaffte er zur Luke und ließ es gerade hinunterfallen. Es war einiges nötig, aber es würde reichen, um sein Gewicht aus vier Metern Höhe so abzubremsen, dass er den Sprung unverletzt überstehen konnte.

Die halbe Hand beachtete ihn gar nicht mehr. Er lag ganz still mit dem Kopf auf dem weißen Unterhemd. Seine Augen waren offen, aber sie folgten seinen Bewegungen nicht.

Mit seinen Füßen schob er auch vereinzelt liegende kleine Strohhäufchen in seiner Ecke zusammen. Zwischendurch kontrollierte er durch die Ritzen im Holz die Felder. Es war sehr still da draußen, keiner zu sehen, nicht auf den Äckern und auch nicht auf dem ausgefahrenen Feldweg, an dem die Scheune stand. Wie ausgestorben wirkte das alles. Ob es schon die Nähe des Feindes war, die ihre erdrückende Stille über alles breitete? Das war auch in dem Städtchen drei Tage weiter westlich schon so gewesen. Sie saßen in ihren notdürftig hergerichteten Stellungen. Es war eine lärmende Stille. Alles war so ruhig, dass jeder Laut mehr Raum einnehmen konnte, als ihm eigentlich zustand. Und es war nur ihr Lärm gewesen, der die Luft erfüllt hatte. Ihre Gespräche, die noch Leben anzeigten. Alle anderen hatten sich verkrochen. In ihre Keller. Selbst die Tiere schwiegen. Dann das sachte Vibrieren, das man zuerst im Magen spürte. Lange, bevor man sie hören konnte, fühlte man die Panzer schon. Zwischen dem Darm und dem leeren Magen.

Mit beiden Armen schaffte er weiter Stroh herbei und warf es nach unten. Der Irre lag auf seinem Frauenunterhemd und kramte mit beiden Händen in seinem Rucksack. Glas klang vorsichtig. Jetzt richtete er sich auf und zog ein großes Einmachglas hervor. Ein Metallbügel hielt den Deckel über einer riesigen Menge leuchtend gelber Mirabellen. Die letzten Strohhalme verabschiedeten sich aus seinen Händen. Er spürte, wie ihm der Speichel in den Mund schoss und das Loch in seinem Magen schmerzhaft rumorte.

Fünfundzwanzig

Es war schon Zufall gewesen, dass sie die Lisbeth Mengel einfach so in ihrem Garten getroffen hatte. Eigentlich hatte sie sich am Wall umsehen wollen. Sie erzählten, dass die Soldaten auch dort Stellungen errichteten. Sie wollte sehen, ob es stimmte und wo sie sich zu schaffen machten. Schließlich war es nicht unerheblich, ob das direkt hinter ihrer Scheune und ihrem Garten geschah. Sie musste wissen, was da passierte, auch wenn sie sich noch einige Zeit gewehrt hatte gegen die Neugier. Aber die Furcht war nicht mächtig genug gewesen und hatte letztlich verloren. Sie musste nur vorsichtig sein. Ein Korb und der kleine Rechen, woher wollten die fremden Soldaten denn wissen, dass es nicht ihr Gärtchen war, das direkt an den Wall grenzte. Um ein altes Weib würden sie sich kaum scheren und auch für ihren Volkssturm fühlte sie sich nicht recht tauglich. Deswegen war die Schuster-Mine hinter den Scheunen unterwegs, ausgestattet mit allem, was es für die Gartenarbeit brauchte. Aber gesehen hatte sie trotzdem nichts. Der Wall lag verwaist da. Es war absolut ruhig, niemand sonst unterwegs hier hinten und auch die Soldaten waren nicht zu sehen. Ein Stück war sie noch am Wall entlanggelaufen. Ganz langsam und still. Außer ein paar Krähen hatte sie nichts Lebendiges gesehen. Und nicht einmal die schwarzen Vögel hatten sich um sie geschert.

Aber dann bewahrheitete sich doch das, was sie schon immer gesagt hatte. Die wirklichen Neuigkeiten bekam man hier hinten mit, nicht vorne auf der Straße, wo sie alle standen. Dort wurden sie dann unters Volk gebracht, wenn sie längst schon keine Neuigkeiten mehr waren. Wenn etwas passierte, dann hier hinten. Und sie wusste das, auch wenn es ihr die anderen nicht glauben wollten.

Die Ruhe trug die Schuld daran. Sonst wäre sie unten geblieben am Fuß des Walles. Und die Ungeduld zusammen mit der Enttäuschung darüber, dass sie im Begriff war, mit leeren Händen zurückzukommen. Nichts gesehen, nichts gehört und anderthalb Stunden Zeit nutzlos vergeudet. Das durfte nicht sein. Also stellte sie ihren Korb ab und machte sich daran, das beschwerlich steile Stück Böschung zu erklimmen. Ihr lautes Schnaufen und das Pochen in ihrem Brustkorb bereiteten sie schon auf die nächste Enttäuschung vor. Sie konnte sie bereits schmecken. Was sollte es von dort oben zu sehen geben, was man nicht auch von hier unten mitbekommen hätte? Das letzte Stückchen legte sie auf allen Vieren zurück. Es war hier die mit Abstand steilste Stelle des Walles, die sie sich hatte aussuchen müssen. Eine Bergziege von fast zweiundsiebzig auf Hände und Füße gestützt. Es bekam ja zum Glück sonst niemand mit. Und auch von dort oben war nicht mehr zu sehen. Die braunen Gärten mit wintertotem Gras. Die paar Krokusse fielen dazwischen gar nicht auf. Ein paar hatten sogar schon gehackt, auch wenn es doch dafür noch zu früh war. Na, die mussten ja Zeit haben. Bei der Hinnergässer-Marie standen noch die Bohnenstecken aus dem letzten Jahr. Die waren bestimmt verfault über den Winter. Noch ein Jahr und sie konnte die wegwerfen.

Zuerst hatte sie die Schreie gehört und dann erst die Lisbeth Mengel gesehen. Die Schreie kamen nicht aus der Richtung in der die Frau des Ortsbauernführers zu sehen war. Es war ein wildes Gebrüll, aber in großer Entfernung. Als ob dort ein Wolf heulte. Am frühen Nachmittag, hier bei ihnen. Das war natürlich Unsinn. Wenn sie ihn nicht schon so hätte schreien hören, dann wäre sie auch nicht darauf gekommen, weil es ganz leise nur in ihren Ohren ankam. Über die weite, fast baumlose Ebene waren Schreie auch noch auf große Entfernung zu hören. Er war also irgendwo weit dort draußen unterwegs oder er saß in einer der Feldscheunen. Er war nicht verbrannt, wie sie alle glaubten. Ihr Herz hämmerte hart von innen gegen den Brustkorb. Sie schluckte zweimal, obwohl ihre Gedanken schon längst weiter waren. Und selbst seine Mutter wusste das nicht. Nur sie alleine. Ruhig atmete sie leise und tief vor sich hin. Die Luft kühlte angenehm ihr aufgeheiztes Inneres. Es tat gut hier oben zu stehen. Der Blick über all das. Das Dorf, den Kirchturm und die hohen Scheunen. Die Löcher in den Dächern konnte sie genau erkennen.

Die steilste Stelle am Wall, der sich überall gleich hoch erhob, war doch die ergiebigste. Die Mengel hätte sie auch von unten gesehen, aber das Gebrüll hätte sie von da nicht hören können. Also war es wieder einmal richtig gewesen, wie sie es gemacht hatte. Alles richtig sogar. Hier hinten in den Gärten und oben auf dem Wall.

Der Abstieg schmeckte süß und die Strecke bis zum Garten der Mengel legte sie in einem irrsinnigen Tempo zurück. Es war klar, dass nur die Lisbeth draußen in ihrem Garten sein konnte. Die traute sich das, während die anderen sich in ihren Küchen verkrochen. Die Mengel war ja schließlich die Frau des Ortsbauernführers. Die wusste, wann es besser war drinnenzubleiben und wann man in solchen Zeiten gefahrlos nach draußen konnte. Und was sollte der schon passieren. Jetzt, wo ihr Mann Soldaten befehligte. Er war ihr egal, aber die Lisbeth hatte sie noch nie sonderlich leiden können. Sie trug die Nase eine gehörige Spur zu hoch, hielt sich für etwas Besseres, weil sie zu Hause Großbauern mit reichlich Knechten, Mägden und sonstigem Personal waren. Nicht mal kochen mussten sie selbst, erzählte man sich. Deswegen freute sie sich ganz besonders, wenn sie sie im Garten traf und man ihr den Abscheu ansah. Der Dreck und die schmierigen Finger, das gefiel ihr nicht.

„Ist nicht noch etwas nass und klebrig der Boden?" Die Schuster-Mine hatte die ersten Worte lauter auf den Weg geschickt, als es eigentlich notwendig gewesen wäre. Aber sie wollte sich doch die kleine Freude bereiten, einen Hauch Schrecken auf ihrem Gesicht zu sehen.

„Nein, es geht schon ganz ordentlich, Frau Lohrmann." Sie musste sie längst gehört oder gesehen haben, zumindest erschrocken sah die Mengel nicht aus. Daran, wie sie geantwortet hatte, war die Eingeheiratete zu erkennen. Sie war nicht von hier, und das merkte man auch noch nach zwanzig Jahren, weil sie sich für etwas Besseres hielt. Daher redete sie jeden mit seinem Nachnamen an, obwohl sie wusste, dass sich im Dorf alle beim Vornamen nannten oder mit dem Namen gerufen wurden, den ihnen das Dorf irgendwann mal gegeben hatte. Daher war sie auch die Schuster-Mine, seit sie den Schuster-Hannes geheiratet hatte. Der hieß schon so, wie auch sein Vater und Großvater. Alle waren Schuster gewesen und alle hatten sie den Vornamen Johannes getragen, über etliche Generationen schon. Deswegen gab es den alten Schuster-Hannes und den Großvater vom Schuster-Hannes. Und sie war die Schuster-Mine oder die Frau vom Schuster-Hannes. Mina Lohrmann nannten sie nur Fremde oder eben die Frau vom Ortsbauernführer.

„Hier hinten kommt man auf andere Gedanken." Sie beobachtete das Gesicht der Mengel ganz genau, während sie selbst redete. Sie erkannte zumindest eine Seite, weil die Mengel weiter nach unten gebeugt blieb und keine Anstalten unternahm, sich aufzurichten und zu ihr an den Weg zu kommen. So war sie immer. Jede von hier würde spätestens jetzt an den Zaun herankommen, um sich doch zumindest für ein paar Worte zu ihr zu stellen. So musste sie weiter laut mit ihr reden. Viel zu laut für das, was sie doch eigentlich loswerden wollte.

„Gut ist es, dass jetzt endlich Soldaten gekommen sind."

Die Mengel schwieg weiter eisern vor sich hin, den Kopf nach unten auf die tote Erde gerichtet. Konzentriert, als ob sie junge Triebe von sprießendem Unkraut zu unterscheiden suchte, wo doch da noch gar nichts wachsen konnte bei der Kälte. „Sie werden uns den Feind schon vom Leib halten. Tapfere Männer." Sie hielt kurz inne, um ihr Zeit zum Antworten zu geben, aber die schien sie nicht zu wollen. Sagte nichts und ließ sie weiter hier am Zaun stehen. Irgendwann würde die sich noch an ihrer Einbildung verschlucken. „Ihr Mann ist tapfer mit dabei, trotz seiner Leiden." Sie hatte ihrer Stimme ein wenig Mitgefühl mit eingehaucht, aber nur so viel, wie sie in diesem Moment für unbedingt notwendig erachtete. Sie wollte sich ihr ja nicht hier an den Hals schmeißen. Das hatte sie schließlich die letzten Jahre hindurch auch nicht getan, ganz im Unterschied zu den vielen anderen, die der Frau des Ortsbauernführers und Bürgermeisters nachgelaufen waren. Jetzt endlich sah sie auf, gebückt noch, aber ihr Gesicht war nun doch in ihre Richtung gewandt. Das ließ sie weiterreden, jetzt etwas gedämpfter. „Bis spät in die Nacht ist er da ja nicht selten unterwegs."

Die Mengel richtete sich auf und kam ein paar Schritte näher an den Zaun heran. Dünne Haare standen ihr wirr vom Kopf ab. Mit den schmutzigen Händen würde sie sich die kaum glatt streichen. Sie sah sie an, die Augen weit offen, aber die Lippen zusammengepresst. Jetzt musste sie nicht mehr laut reden. Sie würde sogar flüstern können und die andere verstand es dann immer noch. Das eröffnete ihr ganz neue Möglichkeiten. Vielleicht sogar einen verschwörerischen Tonfall, der gut zu dieser Situation passte. Sie sah sich einmal schnell um, nach beiden Seiten und auch hinter sich. „Die Hasen-Ingrid hat Ihren Mann erkannt.“ Sie schluckte und senkte für einen Augenblick den Kopf. „In der Nacht, als das Mädchen umgebracht wurde.“ Noch einmal unterbrach sie sich, auch wenn es sie einige Mühe kostete. „Sie hat sie beide zusammen gesehen.“ Fast geflüstert hatte sie das, um nun endgültig zu schweigen. Jetzt war die andere an der Reihe. Ihr Herz schlug gleichmäßig fest in ihrer Brust. Aus ihrem Mund dampfte es dazu. Wie eine alte Dreschmaschine, aber geräuschlos in diesem Moment.

Die Mengel sah sie hasserfüllt an und schleuderte die Erde in ihre Richtung, die sie krampfhaft in der geballten Faust gehalten hatte. Es war nicht viel. Ein wenig Staub nur, der bei ihr noch ankam. Danach rannte sie in Richtung ihrer Scheune davon. Immerhin hatte sie eine Reaktion gezeigt. Vielleicht war das ein wenig zu viel gewesen. Aber sie hatte es ihr doch sagen müssen. War es nicht viel bösartiger, das für sich zu behalten und die arme Mengel blind in ihr Verderben rennen zu lassen? Sie nickte. Es war schon richtig so gewesen. Und es war auch richtig gewesen, dass sie ihr nicht erzählt hatte, wen sie hinten auf den Feldern schreien gehört hatte. Das würde sie nachher der Hasen-Ingrid erzählen, wenn sie die zufällig im Garten oder in der Scheune hörte. Bei der konnte sie sich sicher sein, dass sie diese Neuigkeit noch ein wenig für sich behalten würde.

Sechsundzwanzig

Genüsslich ließ er den warmen Rauch aus seinem Mund strömen. Er schloss die Augen und lauschte nur noch. Das reichte hier vollkommen aus. Es war so still, so ruhig und es war Zeit zum Durchatmen. Er versuchte, mehr zu hören für einen kurzen Moment. Ganz konzentrierte Aufmerksamkeit, in der er nicht atmete und sich sogar mühte, seinen Herzschlag zu dämpfen. Es klappte gut, wie die letzten Jahre auch schon. Er meinte dann für ein paar Sekunden mehr hören zu können als sonst. Es ging nicht lange, hatte ihn aber schon einige Male vor größeren Problemen bewahrt. Man konnte so vorsichtig sein, wie man wollte. Es brachte doch nichts, wenn man nur halb hinhörte. Geräuschlos war nur das Nichts. Nicht der Schritt eines Menschen, nicht das Gras, das er unter seinen Schuhen zerdrückte, und nicht die behutsamste Regung, die er vollführte. Der Stoff, der rieb, wenn er den Arm bewegte, um nach der Granate zu greifen. Das metallische Klicken, wenn er sie entsicherte. Das war schon fast laut, aber wenn es zu hören war, konnte es auch schon fast zu spät sein. Besser war es, den Feind in der Bewegung bereits zu erkennen. Weil er sich anders bewegte als die Kameraden. Andere Kleidung produzierte unbekannte Geräusche.

Er atmete leise aus. Nichts war zu hören. Auch nicht das entfernte Brummen und Vibrieren schwerer Motoren, das die anderen heute Abend schon gehört haben wollten. Ihre nervösen Köpfe summten wahrscheinlich leise vor sich hin. Das hatten sie für Panzer gehalten oder Lastwagen. Aber es war nichts dergleichen gewesen. Die Stille nur, jetzt hier nach den letzen Häusern am Ende des Dorfes.

Er wäre schon längst weg, hätten sie ihn nicht wieder aufgegabelt heute Morgen. Er hatte nur kurz überlegt davonzurennen. Das wäre aber nicht wirklich klug gewesen. In dem Moment, in dem sie ihn sahen, hatte er angefangen, wild zu winken in ihre Richtung. So konnte gar nicht erst der Gedanke in ihnen keimen, dass er sich aus dem Staub zu machen versuchte. So ganz stimmte das ja auch nicht. Seine Einheit war zusammengeschossen worden, weil die Waffen-SS-Einheit, die neben ihnen lag, wie wild drauflosgeballert hatte. Manchmal war es besser, den Feind vorbeiziehen zu lassen, um ihm daraufhin im Rücken das Leben schwer zu machen. Wenn er dann überhaupt noch eines hatte. So war es befohlen gewesen, aber wohl nur von ihrer Seite. Dafür hatten die Schwarzen mit dem Totenkopf ihr Fett abbekommen. Er hatte keinen danach gesehen, der noch alleine aus dem Graben herausgekrochen wäre. Die Amerikaner hätten sie auch kaum am Leben gelassen. Das war der feine Unterschied, für den er ganz froh war.

Den Rauch und Qualm um den alten brennenden Bahnhof hatte er genutzt, um sich entlang des Bahndammes abzusetzen. Versprengter Truppenteil auf dem ungeordneten Rückzug. Klang besser als abgehauen im rechten Moment. Die Gunst der Stunde genutzt. Bis heute Morgen war sein Rückzug ungeordnet, aber zügig vonstattengegangen. Drei Tage lang, ohne größere Probleme. Seit heute Morgen war er nun hier und verteidigte mal wieder eine hoffnungslose Frontlinie im Entscheidungskampf. So, wie die Panzer in den vergangenen Wochen vorangekommen waren, mussten sie morgen, spätestens übermorgen hier sein. Alles andere war naiv. So naiv, wie die

Hoffnung an die Volkssturmeinheit, die sie ihnen zuführen wollten. Verstärkung für die Schlacht am Wall. Selbst wenn sie noch ein paar Schuljungen aufzutreiben vermochten, dann würden die kaum eine wirkliche Unterstützung sein. Und auch der Alte dachte nicht großartig anders. Er behielt es nur noch ein wenig für sich. Aber dafür kannte er sich zu gut aus. Sechs Jahre im Feld waren eine gute Lehre gewesen. Wer das mitgemacht und überlebt hatte, der kannte alle Typen. Der Hauptmann war kein Böser. Eher noch einer von denen, die manches durchgehen ließen. Auch das Gehabe dieses fetten Drückebergers, wie es sie anscheinend überall noch gab. Den hätte er gerne mal in Russland gesehen. Im Winter. Futter für die Würmer oder nur noch Haut und Knochen. Stattdessen rosig glänzend, wie ein mit der Schwarte poliertes Osterei. Er durfte nicht an Essen denken, weil ihm ansonsten sein Gedärm Saures hochschickte. Zu viel Fett auf einen leeren Magen, das war nicht gut, aber kaum zu vermeiden, wenn man mal die Möglichkeit hatte. Die Frau vom Dicken hatte frische Leber- und Blutwürste vorbeigebracht. Einen Schwarzschlachter hätten sie hochgenommen vor ein paar Tagen erst. Verbrechen an den kämpfenden Volksgenossen. Bestimmt waren sie es selbst gewesen. Der Ortsbauernführer und seine Frau. Schuldig hatte sie dreingeschaut. Die Angst, erwischt zu werden. Aufgehängt noch kurz vor Schluss.

Als sie dasaßen und die Würste in sich hineinschoben, hatte er den Alten gesehen. Kein schlechter Mensch, der aber auch nur für sich sorgte, wie es jeder tat. Der Alte hatte sich nur eine einzige Wurst genommen und den Rest ihnen überlassen. Während sie noch kauten, verzog er sich in das Haus, das der Dicke für sie geräumt hatte. Nicht jeder Offizier wollte den Abend mit der Mannschaft verbringen. Als er selbst wenig später über den Hof in die Scheune schlich, um ein paar Stunden Ruhe im Stroh zu finden, war es weg gewesen. Das Fahrrad des Dicken, das der heute hier stehen gelassen hatte. Einfache Soldaten machten sich zu Fuß aus dem Staub, Offiziere mit dem Fahrrad. Der Alte war im Haus. Im leer stehenden Schweinestall stand das Rad, ein paar verdreckte Hasenkisten lehnten davor. Es war kaum zu sehen, solange man nicht danach suchte. Vorsichtig drehte er die beiden Ventile auf, nur ein wenig, damit säuselnd leise die Luft entweichen konnte.

Er spitzte seine Lippen und atmete Rauch aus. Die Augen öffnete er jetzt wieder und sah in die Nacht. Wenn sie aus Westen heranrückten, dann war das genau die richtige Stellung im Dorf. Am weitesten entfernt und für die Panzer nicht zu sehen. Wenn wirklich geschossen wurde, dann hielten die Amerikaner zuerst auf den Kirchturm und auf die Sperren direkt vor ihnen am anderen Ortseingang. Oder sie umgingen die Ortschaft, um auf der Straße schneller in Richtung Stadt voranzukommen. Dann blieb noch etwas mehr Zeit. Wenn geschossen wurde, musste er rechtzeitig die Flügel streichen. Je nachdem, wer mit ihm hier stehen würde, war das leichter oder schwerer. Es gab noch mehr als genug, die sich lieber erschießen ließen, als die Waffen zu strecken. Wenn er von denen einen neben sich hatte, konnte es verdammt knifflig werden. Ganz langsam drehte er sich einmal um die eigene Achse. Er atmete tief ein und schloss die Augen wieder. Die Stille war noch immer fast vollkommen. Keine Bewegung, kein Laut. Er schlug die Augen auf und lief ganz leise los. An der Stelle, wo die Straße in Richtung Stadt einen leichten Bogen machte, drehte er sich noch einmal um und lauschte. Es war noch immer still. Jetzt beschleunigte er seinen Schritt. Ein gleichmäßiger Trab, den er gut ein paar Stunden durchhielt. Er keuchte nur leise. In seinem Kopf glaubte er jetzt ganz leicht das entfernte Vibrieren von schweren Panzern hören zu können. Auch wenn das kaum möglich war.

Siebenundzwanzig

Sie schluckte immer wieder fest gegen den Brechreiz an. Der Druck, der aus ihrem Magen kam. Sie hatte geglaubt, den Geruch tilgen zu können, indem sie die Leberwurst in sich hineinstopfte und den Rest den Ausgebombten mitgab. Für ein paar Stunden war es ihr danach gar nicht schlecht gegangen. Sie hatte sich nicht übergeben müssen, draußen im Hof auf den Misthaufen. Alles war fein drinnen geblieben in ihr und damit verborgen für seinen Blick. Sie hatte kurz den Eindruck, dass er schnüffelte, vorhin, als er hereingestürzt kam, um seine Uniform anzuziehen. *Sie sind da!* Freude und Entschlossenheit in seiner Stimme, als ob sie nur gekommen wären, um ihn zu retten und zu schützen. Was für ein Idiot er doch war. Dreimal hatte er schniefend Luft in der Küche eingesogen und sich dann erst wieder besonnen. Damit hatten die Soldaten nicht nur ihn, sondern auch sie gerettet, zumindest in diesem einen Moment. Er hatte es bestimmt gerochen. Der Geruch fetter Leberwurst war nicht einfach so hinauszulüften. Wahrscheinlich war sie selbst es, die den Geruch der Innereien weiter ausdünstete. Noch die ganze Nacht hindurch, wenn er wieder neben ihr liegen würde. Aber dann konnte sie es getrost auf ihn schieben. Denn schon seit geraumer Zeit steckte er eine Scheibe nach der anderen in sich hinein. Hungrig vom Tagwerk, das er vollbracht hatte. Abgekämpft und zufrieden. Die Würste hatte sie beim Janz holen müssen, der sie ihr wortlos, aber voller Verachtung in die Hand gedrückt hatte. Irgendetwas hatte er auch noch dazu gezischt. Es war aber nicht zu verstehen gewesen.

Wirre, böse Worte eines alten Mannes. Ein kurzes Gefühl lang spürte sie eine zarte Verbindung zu ihm. Gedemütigt wurde er, so wie sie auch. Der säuerliche Ekel in ihrem Mund ätzte das alles weg. Der Geruch, der aus dem Bündel aufstieg, das sie übernahm. Warum hatte sie sich denn nicht entschuldigen können in diesem Moment, als er vor ihr stand? Auf den Knien, flehend. Sie hatte es nicht fertiggebracht, weil sie schon wusste, dass es keine Gnade gab. Sie würde sie von keinem zu erwarten haben. Sie nicht und er auch nicht.

Bis dahin stopfte sich ihr Mann mit fettiger Leberwurst voll. *Ein paar Würstchen lass ruhig hier, bevor du da hochgehst. Nein, Lisbeth, du machst das!* Er hatte drohend geklungen und sie am Arm gepackt und ihn genüsslich gedrückt. Bis ihr Blick glasig wurde. Dann erst ließ er von ihr ab. *Ich bin heute schon mehr als genug durchs Dorf gehetzt. Jetzt bist du mal dran. Für uns. Ich habe das heute auch nicht für mich alleine getan.* Er hatte sie dabei angegrinst. *Es ist besser, wenn wir sie aufhalten. So lange haben wir noch alles selbst in der Hand. Also, geh hoch und bring den tapferen Soldaten die Würste. Stell mir aber erst mein Abendessen hin. Ich habe tüchtigen Appetit. An unseren Panzersperren werden sie sich die Zähne ausbeißen.* Er hatte dazu in die Hände geklatscht, noch immer in seiner braunen Uniform und sich zufrieden stöhnend auf seinen Platz am Küchentisch gesetzt.

Jetzt war sie zurück, seit ein paar Minuten und er fraß noch immer vor sich hin. Mit hochrotem Kopf und schwitzend wie bei anstrengender Arbeit unter gleißender Sommersonne. Sein Schmatzen hörte sie in ihrem Rücken, weil er immer mit offenem Mund aß und reichlich Wein zuführte. Sie musste wieder schlucken und noch mal.

„Komm setz dich doch zu mir." Sein breiig voller Mund verformte die Worte. „Es ist noch reichlich gute frische Wurst da." Er schmatzte. „Wenn der Janz eines kann, dann Leberwurst machen. Und auf meine Nase ist noch immer Verlass gewesen. Schon von Weitem war es zu riechen, dass einer ganz frisch geschlachtet hat. Ich dachte nur nicht an den Alten. Man kennt doch seine Verdächtigen nach so vielen Jahren. Zwei Jungs im Feld und dann denkt er nur an sich. Aber der Front hat er ja zumindest jetzt einen Dienst erwiesen."

Sie konnte hören, wie er sich über den massigen Bauch strich. Mit beiden Händen. Bestimmt grinste er breit und zufrieden dazu. Sie verspürte keine Lust, ihm als schweigender Zuschauer zu dienen. Daher hielt sie ihm weiter den Rücken zugewandt und versuchte, den Abwasch im Spülstein gehörig in die Länge zu ziehen. Wenn er, so wie immer, gleich nach draußen verschwand, um in die Mistgrube zu pissen, würde sie sich endlich nach oben verziehen können.

Vorhin hatte sie ihn zur Rede stellen wollen. Als er noch nicht da war und das, was die Schuster-Mine ihr hatte erzählen müssen, beißend in ihr fraß. *Was hast du mit dem Mädchen gemacht? Siebzehn war sie. Warum?* Sie hatte sich in diesem Moment sogar selbst hören können. Nicht leise flüsternd. Brüllend, so laut direkt in sein Gesicht, dass er erschrocken dreingeblickt hätte. Und so laut, dass sie es alle drumherum mitbekommen hätten. Sollten sie doch! Es war ein gutes Gefühl gewesen. Mit offenem Mund stellte sie ihn sich vor. Ein paar leise Worte stotternd, die ihn doch nicht zu retten vermochten.

Als er hereingepoltert kam, hatte sie sich davon längst verabschiedet. Er würde mit ein paar bösen Worten das alles zertrümmern, obwohl sie längst wusste, dass die Schuster-Mine recht hatte. Sie hatte es gespürt schon in dieser Nacht, als er besoffen hereingestolpert kam und seinen Rausch unten auf dem Sofa ausschlief. Sie war alleine geblieben, ohne den stickigen Atem und seine vom Schnaps angefeuerte Lust, der sie sich sonst still fügte. Seine verdreckten Stiefel, die er ihr am nächsten Tag vor die Füße geworfen hatte. *Schau her! Die müssen wieder glänzen!* Es war die Erde hinten aus den Gärten, die sie ständig an ihren eigenen Fingern und Schuhen hatte.

Die Schuster-Mine war nur ein erster Vorgeschmack gewesen. Die zarte Ouvertüre zu dem, was noch kommen würde, wenn sie die Panzer überlebten. Ein klein wenig Genugtuung empfand sie jetzt. Sie war ihm schon einen Schritt voraus. Sie bekam jetzt schon den Hass zu spüren, die Verachtung, die sie für ihn empfanden. Den Hass, den sie bisher nach unten gedrückt hatten aus Furcht vor ihm. Jetzt brach er sich Bahn und war gar nicht mehr aufzuhalten. Er hatte nur Aufschub bekommen ein paar Tage, in denen er noch einmal an den alten Zeiten riechen durfte. Seine Uniform, die ihnen weiterhin so viel Respekt einflößte, dass sie nur leise über ihn tuschelten. Schlecht redeten sie nur, wenn sie zu Hause für sich waren. Stille Verwünschungen. Auch schon die letzten Jahre hindurch. Nicht alles war ihr verborgen geblieben. Das wenige war böse genug, so wie die Schuster-Mine heute. Und das war sicher nur der Anfang. Gewalt in Worten. Die Schläge würden auch noch kommen, und das schon bald.

Achtundzwanzig

Er stöhnte unter der Last in beiden Händen. Gleichmäßig zog sie seine Arme nach unten, während er versuchte, vorsichtig und leise über das unebene Pflaster seines Hofes zu schleichen. Er war mit dem ersten Licht heute früh aufgestanden, um voranzukommen. Eigentlich hätte er gestern Abend schon anfangen sollen damit, aber es war nicht möglich gewesen. Er hatte die Nacht, die Ruhe und den Schlaf gebraucht, um wieder ein wenig Lebensmut schöpfen zu können. Gestern Abend war es ihm egal gewesen, was passierte. Der Mengel hatte ihn gedemütigt und auf die Knie gezwungen. Gesuhlt hatte der sich in seiner Angst. Es war so deutlich zu sehen gewesen. Seine Freude, das Grinsen, als er ihn hinunterdrückte. *Die Würste holt meine Frau später ab.* In seinem Kopf klangen die Worte wieder und wieder nach. Und er sah ihn vor sich. Die Lippen, die sich öffneten, um den Blick auf seine Zähne freizugeben.

Schnaufend schleppte er sich und seine Last weiter. Es half nichts, sich kurz vor dem Ende aufzugeben, wenn man so lange schon durchgehalten hatte. Zuerst hatte er es für seine beiden Söhne getan. Das fiel ihm nicht schwer. Die harte Arbeit, die er so über den Tag hinbekam. Sie bereitete ihm Schmerzen in seinen alten Knochen, aber es war noch auszuhalten gewesen. Seit dem Januar war es anders, seit er wusste, dass sie nicht wiederkommen würden. Zwar gelang es ihm, den Gedanken daran oft genug zu verdrängen. Es hatte sich ja nichts geändert. Die Tage, die Arbeiten, alles war so geblieben, wie in den Jahren davor. Auch das Hoffen. Die Hoffnung, dass es ein Ende nehmen würde und sie doch noch zurückkämen. Deswegen auch hatte er es ihr nicht sagen können bis auf den heutigen Tag. Es war die Angst, dass dann alles zusammenbrach, das Tun und Schaffen der letzten Jahre so sinnlos war. Es beherrschte ihn das sonderbare Gefühl, dass seine beiden Jungs mit dem Moment erst starben, wenn sie vor ihm heulend zusammenbrach. Der Tod endgültig dann. Sie beide in Schwarz, wie die Eltern der vielen anderen. Die letzte Hoffnung, die dann restlos erlosch.

Gestern Abend war er kurz davor gewesen. Nachdem die Mengel fort war mit ihrem Bündel. Die Tränen hatte er nicht mehr aufhalten können und reglos lange im Weinkeller an einem der beiden Holzfässer gekauert. Seine Frau sollte ihn so nicht sehen müssen. Danach hatte er es nicht mehr geschafft, sich aufzuraffen. Erst heute früh. Er würde am Leben bleiben und weitermachen. Nur wegen dem Mengel, seinem Grinsen, seiner Uniform. Der durfte nicht davonkommen. Er nicht und auch seine Frau nicht. Deswegen war er heute Morgen aufgestanden, schon so früh und schleppte eimerweise Wein vom Weinkeller in das kleine Kellerchen im Wohnhaus. Die Amerikaner waren nicht mehr weit. In der Nacht schon hatte man die dumpfen Einschläge hören können. Wilhelm Janz hatte wach gelegen und sich alles gründlich durch den Kopf gehen lassen. Das Halbstück im Kohlenkeller wollte er wieder ganz voll machen und die beiden größeren Stückfässer zur Not danach mit Wasser auffüllen, je nachdem, wie viel er vom Weißwein würde abziehen müssen. Er durfte nicht zu wässrig schmecken, weil es dann sofort auffiel. Die Alternative hatte er sich auch schon in Gedanken parat gelegt. Hinter der Scheune gab es noch massenweise Kieselsteine. Sie waren übrig geblieben von dem

Versuch, die Stelle an der Scheunenwand trockenzulegen, an der sich das Grundwasser nach oben drückte. Der Krieg war damals dazwischengekommen. Die kleinen rundgewaschenen Steinchen würden durch das Loch oben im Fass hindurchpassen. Ein gutes Stück Arbeit schon, aber doch eine passable Möglichkeit das Holzfass wieder vollzubekommen. Wenn sie das hier überlebten, würden sie alles gebrauchen können. Auch ein gut gefülltes und verstecktes Fässchen im Kohlenkeller. Danach war dann hoffentlich noch Zeit, um auch die Holztruhe verschwinden zu lassen, die seine Frau gestern Abend noch gepackt hatte. Die restlichen Würste und die Schinken. Zum Räuchern waren sie nicht mehr gekommen. Sie hatte sie kurz abgebrüht und dann in saubere Tücher eingeschlagen. Hinten in der Scheune würde er die Holztruhe unter einem Meter Stroh deponieren. Das sollte doch ausreichen.

Auf dem kleinen Podest vor der schweren geschnitzten Haustür stellte er beide Eimer ab. Die Tür musste er aufschieben und auch das kleine verzogene Türchen des Kohlenkellers. Seine Arme dankten ihm die kurze Verschnaufpause. Beide Hände spürte er kaum noch. Die Last der Eimer hatte das Blut aus ihnen herausgedrückt. Feine Nadelstiche in den Fingern. Im Haus war es noch ruhig. Seine Frau hatte ihren guten Schlaf auch in diesen wirren Zeiten nicht verloren. Er beugte sich nach unten über die Eimer und atmete ein. Der Duft seines Weines. Er tauchte seine rechte Hand in die kühle Flüssigkeit. Die Nadelstiche gingen tiefer hinein, längere und spitzere Nadeln jetzt, die ihm zusetzten. In der hohlen Hand beförderte er tropfend Wein nahe an seine Lippen. Er atmete noch einmal tief ein und schloss die Augen. Schlürfend saugte er seinen 1944er Riesling in sich hinein. Erfrischende Säure und Kühlung.

Die Helligkeit blendete ihn, als er die Augen wieder öffnete. Noch einmal langte er in den Eimer und trank. Dann richtete er sich auf und schleppte die Last hinein in den Hausflur und die ausgetretenen Sandsteinstufen hinunter in den Kohlenkeller. Es ging sich jetzt schon viel einfacher.

Neunundzwanzig

Seine blank geputzten Stiefel glänzten, auch wenn keine Sonne am Himmel stand. Der Morgen war trüb, aber es regnete immerhin nicht. An der Ferse hatte sie einen erdigen Flecken übersehen gehabt. Ihm war er gleich aufgefallen, beim Anziehen eben. Trotzdem hatte er nicht nach ihr gerufen, obwohl es eindeutig ihr Fehler gewesen war. Lisbeth hatte nicht ordentlich darübergebürstet und die schwarze Schuhwichse deckte das natürlich nicht ab. Sie sollte es ja auch nicht. Schuhwichse diente nicht dazu, den Dreck zu überdecken. Das hatte er ihr schon so oft gepredigt, aber heute war nicht der Tag für so etwas. Heinrich Mengel straffte sich und zog die Tür in seinem Hoftor auf. Mit zwei Schritten war er draußen auf der Straße. Es war sonst niemand zu sehen. Links nicht und auch nicht rechts die Straße hinunter. Absolute Ruhe noch. Er atmete aus und mühte sich, das nicht nach einem Seufzen klingen zu lassen. Er fühlte Nervosität, aber auch Entschlossenheit in seiner Brust. Er hatte die Lisbeth auch das Hemd bügeln lassen.

Noch einmal atmete er durch. Jetzt aber fester. Er spürte, dass er tapfer sein würde. Auch wenn sein Magen eine leichte Übelkeit signalisierte. Man zog nicht jeden Tag in eine entscheidende Schlacht, von der man nicht wusste, ob sie einen das Leben kostete. Er schluckte es hinunter. Einen Schwall Ersatzkaffee, der sich wieder nach oben gedrückt hatte. Der alte Hauptmann hatte ihm versprochen, dass heute früh die Verstärkung kommen würde. Reichlich Männer für den Wall und die übrigen Stellungen, die sie in den Häusern am Ortseingang hergerichtet hatten.

Der Alte wusste genau, was er tat. Erfahren im Kampf. Mit der Volkssturmeinheit würde auch eine Waffe für ihn mitkommen. Eine Pistole wollte er. Er konnte sie schon fast in der Hand spüren. Ein ordentliches Gewicht sicherlich. Damit würde man sie aufhalten. Der Alte hatte ihn darin bestärkt, mit einem Lächeln. Auch die Amerikaner kämpften mit ihrem letzten Aufgebot. Was jetzt zählte, waren Mut und Entschlossenheit. Hielten sie sie auf dieser Seite des Flusses, dann würden sie zu Verhandlungen bereit sein. Weil sie ganz sicher nicht wollten, dass der Russe in der Zwischenzeit bis Berlin vorrückte. Sie mussten sich ihnen also nur tapfer entgegenstellen, ihnen die Stirn bieten, um ihren Vormarsch ins Stocken zu bringen. Und dazu war er bereit!

In strammem Schritt und brauner Uniform setzte er seine blank geputzten Stiefel auf dem Kopfsteinpflaster auf. Die Hauswände warfen den Schall zurück, den er hinaus in den Morgen der Entscheidung schickte. Tief in sich fühlte er für einen kurzen Moment einen Hauch Schwermut. Warum nur hatte er sich nicht schon viel früher gemeldet? Die Befehlsgewalt über einen Trupp. So ruhig und überlegt wie der alte Hauptmann. Die Orden und die Uniform hätten ihm auch ganz gut gestanden. Knappe Befehle und Gehorsam. Ein Feind, der sich nicht verkroch und verstellte, um hinter seinem Rücken dann doch Schaden anzurichten. Klare Verhältnisse, hier der Freund und dort der Feind. Auge in Auge mit ihm. Kameraden, auf die man sich verlassen konnte und die einem zur Seite standen auch in der Not. So einfach und ganz anders als daheim.

Schnell schob er die Gedanken wieder beiseite. Seine Aufgabe hier war auch eine wichtige gewesen. Eine kriegswichtige. Ordnung an der Heimatfront. Es war ja an seinem Nachbarn, dem alten Janz, eindeutig zu sehen, wohin man kam, wenn keiner aufpasste. Es brauchte auch im Krieg die Autorität der Partei vor Ort. Sie machten sonst was sie wollten. Der Druck nur hielt sie nieder. Und manchmal brauchten sie noch mehr davon.

Der Motorenlärm schreckte ihn auf. Jetzt hörte er ihn erst, obwohl er schon sehr nahe klang. Zu sehr in seinen eigenen Gedanken verfangen. Das Drumherum vollkommen ausgeblendet. Er fühlte, wie sein Herz das Tempo beschleunigte. Es raste schon hämmernd dort drinnen. Die Fahrzeuge kamen aus der Richtung, aus der sie den Feind erwarteten. Sein Atem ging in hektisch dampfenden Stößen. Kleine dichte Wolken, die er ausstieß und die ihm die Sicht nahmen, während er losrannte. So schnell es nur ging zur Stellung am anderen Ende des Dorfes, in Richtung Stadt, wo auch der Alte mit seinen Soldaten untergebracht war.

In seiner Seite spürte er ein schmerzhaftes Stechen schon nach wenigen Metern. Er kniff die Finger seiner rechten Hand dort hinein und drückte fest. Viel brachte es nicht. Schnaufend stampfte er weiter. Er fühlte die Steigung, die er hinaufmusste, auch wenn es gar nicht wirklich steil war. Pochend spürte er das Blut, das schubweise durch seine Ohren zu rauschen schien. Die Fahrzeuge kamen näher. Als ob sie in rasender Fahrt hinter ihm herjagten. Sie trieben ihn hinauf und weiter. Seine Ohren erwarteten schon den Schuss, sein Körper den Schmerz, wenn ihn die Kugel treffen würde. Brennend heiß und mit voller Wucht, die ihn herumriss. Donnerndes Dröhnen der Motoren in der Häuserschlucht, durch die er weiterrannte. Immer weiter. Der Schmerz in seiner Brust, der von der Kälte kam. Der eisigen Luft, nach der seine gierige Lunge verlangte. Und die doch viel zu kalt war. Sie fuhren jetzt direkt hinter ihm. Ohrenbetäubender Lärm, der alles unter ihm erzittern ließ. Die Häuser um ihn herum wankten dazu, als ob die Erde auch unter ihnen heftig vibrierte. Er presste sich mit dem Rücken flach an die Wand. Sie rasten an ihm vorbei, ein Lastwagen und noch ein weiterer. Die hinten aufsitzenden Soldaten winkten ihm lachend zu. Grinsende Jungs mit rosigen Wangen. *Schneller, schneller*, skandierten sie. Heisere Rufe und Lachen, das der Lärm der Motoren sofort verschluckte. Sein Herz raste noch, nur seine Lunge gab Ruhe. Er atmete tief durch, aber jetzt schon langsamer. Der Volkssturm, ihre Verstärkung, und er hatte sich davor dermaßen erschrocken.

Gleichmäßig schnaufend ging er die Straße weiter. Er versuchte, ruhig zu atmen. Der Schweiß rann ihm eisig kalt über die Wangen und auch den Nacken hinunter. Der Kragen seines braunen Hemdes saugte alles auf. Ein dunkler Rand, der dort entstand. Für einen Moment blieb er stehen und kramte das Stofftaschentuch aus seiner Hosentasche. Er rieb sich damit das Gesicht und den ausrasierten Nacken ab. Nur, damit sich umgehend neue Rinnsale bilden konnten, auf anderen Wegen an ihm hinunterfließend. Er behielt das Tuch weiter in der Hand, um sich damit im Laufen immer wieder abzutrocknen.

So kam er der Panzersperre am Ortsausgang näher. Die Häuser standen eng zusammen und ließen nur Platz für eine schmale Gasse. Hier hätten sie auch ein paar Gebäude räumen müssen gestern. Von den oberen Stockwerken ließ sich jedes durchfahrende Fahrzeug gut ins Visier nehmen. Die lachenden Volksstürmler wären nicht lebend angekommen unter dem Feuer aus nur ein paar Gewehren und Pistolen. Er musste das dem Alten sagen, wenn er ihn gleich an der Panzersperre traf. Noch war genug Zeit für ein paar kleine, aber effektive Nachbesserungen an ihrem Widerstandsnest. Er fühlte erneut den beruhigenden

Tatendrang, der ihn für einen Moment der rasenden Flucht verlassen hatte. Er war das einfach nicht gewöhnt und sein letzter Kampfeinsatz über dreißig Jahre her. Die Gräben eines Schlachtfeldes in Frankreich. Er konnte sich kaum noch daran erinnern. Keine Farben, keine Stimmen, keine Gerüche mehr, nur noch die Panik, als die Wolke auf sie zukam. Giftgas. Danach war es dunkel bis ins Sanatorium. Dort alles weiß, tränend und brennend. Er hatte kaum etwas abbekommen, im Vergleich zu den vielen anderen, die um ihn herumlagen. Nur die Angst zehrte an ihm. Die Angst dort wieder hinzumüssen. Deshalb hatte er sich damals ganz genau umgesehen, wie es einem zu gehen hatte nach der vollen Ladung Giftgas. Das Stöhnen, Röcheln und Würgen. Er bekam es glaubhaft hin. Nur gut, dass es nie einem aufgefallen und der Krieg damals so schnell zu Ende war.

Das hier war anders. Hier mussten sie die Stellung halten. Die Panzersperre, die er jetzt erreicht hatte. Er schnaufte kaum noch. Die Ruhe war zurück und sie ließ ihn sogar lächeln. Einen Moment Zufriedenheit, bevor der Sturm auf sie alle zuzog. Er würde sich ihm entgegenstellen, egal wie schlimm es werden sollte. Keine Flucht diesmal, denn das war sein Gefecht.

Die Leere war es, die ihn zurückholte aus seinen kreisenden Gedanken. Eine Stille, die er als störend empfand. Zu viel Stille hier und jetzt. Die Panzersperre ein gutes Stück weiter als das Haus vom Chaussee-Erwin. Das Gebäude, aus dem sie die alte Schlosser-Frieda weggeschafft hatten zu ihrer Tochter, damit die Soldaten ein Dach über den Kopf bekamen. Es unterschied sich nicht vom Rest des Dorfes, durch den er eben gelaufen war. Ruhe lag über allem. Nur hier oben sah es so aus, als ob sie gerade erst eingetreten war. Sie waren alle weg. Verschwunden. Kein Mann mehr zu sehen und kein Lastwagen.

Dreißig

Er wusste nicht genau, was ihn geweckt hatte, aber es war zusammen mit dem Schmerz gekommen.

Hier oben in seinem Kopf. Die Helligkeit des Morgens stach da hinein und zwang ihn, die Augen sofort wieder fest zuzudrücken. Er musste in der sicheren Dunkelheit nach einer Erklärung suchen für sich. Aber noch brauchte er ein Weilchen dafür. Der Schmerz in seinem Kopf eben mahnte ihn auch, starr auszuharren. Er wollte keine Bewegung. Nur Ruhe. Unter den Fingerspitzen konnte er Halme ertasten. Trockene Halme, leicht, aber hart. Ganz leise raschelten sie. Er fühlte Stroh und sein Kopf gebar unter Schmerzen ein farbiges Bild dazu. Er konnte es jetzt ganz deutlich sehen, mit geschlossenen Augen. Eine Projektion wie im Kino, auf die Innenseite seiner geschlossenen Augenlider. Nur ein Bild, das sich aber noch nicht bewegen wollte. Das Stroh vor ihm und um ihn. Helles Gebälk. Die dunklen Dielen unter ihm, auf denen das Stroh lag, wirr durcheinander. Mit dem nächsten Stich, der ihn zusammenzucken ließ, warfen sie ihm ein neues Bild auf seine eigene Leinwand dort drinnen. Wieder die Halme, verstreut um einen Haufen. Ordentlich aufgeschichtet stach er heraus. Wie ein Bett fast, auf dem auch schon die Nachtwäsche bereitzuliegen schien. Schwer nur war sie zu erkennen. Er musste sich anstrengen, weil sie so hell schimmerte, fast wie die goldenen Halme. Jetzt war es wieder dunkel auf seiner Leinwand. Er wartete noch einen Moment ab. Keine weiteren Bilder mehr.

Vorsichtig versuchte er, ein wenig Licht von draußen an

seinen Kopf heranzulassen. Sein linkes Auge öffnete er einen schmalen Spaltbreit. Der Schmerz blieb aus. Das Stroh war gelber. Es lag durcheinander. Verschwommen konnte er in einiger Entfernung etwas Rotes erkennen. Es stach kräftig heraus. Ein unscharfer roter Klumpen. Sein rechtes Augenlid gehorchte nicht. Es widersetzte sich seinen Versuchen, auch dort Licht hereinzulassen. Tastend ließ er die Finger seiner linken Hand auf Wanderschaft gehen. Sie fanden sein Gesicht, die linke Wange, die oben lag. Jetzt spürte er ihren zarten Druck, während sie stachelige Haut vermaßen bis ans Ohrläppchen. Über das linke Auge setzten seine Finger ihren Weg fort, auf weichem freien Untergrund. Dann wurde es schnell unwegsamer, verkrustet. Auch dort, wo es nahe am Auge doch eigentlich hätte zart und glatt sein sollen. Unter seinen Fingern bröselte es. In kleinen kantigen Körnchen fiel es ab. Trockenes, das sich unter dem Druck seiner Finger noch weiter zerkleinern ließ. Mit sanftem Druck rieb er über sein Auge. Es schmerzte nur, wenn er zu fest auf den Augapfel drückte. Strafe für seine Ungeduld. Nach und nach lösten sich sogar größere Stücke, die er aus seinen Wimpern ziehen konnte. Dass das richtig so war, zeigte ihm der weiche Schimmer, der schon durch einzelne Lücken herein fand. Er gewöhnte sein Auge daran. Als sein Augenlid plötzlich vom trockenen Kleber befreit aufschnellte, tat das gar nicht weh. Sofort war auch der leuchtend rote Klumpen scharf zu sehen. Die Kanten spitzer Scherben stachen in die Höhe. Die Reste eines zerbrochenen Einmachglases. Ein verschmierter Fetzen Papier war zu erkennen. Geschwungene Bögen darauf. Erdbeere Juni '44.

Einunddreißig

Er rannte durch den morgendlichen Dampf. Sein massiger Körper bestimmte das Tempo selbst, dem sich seine Beine und Füße zu fügen hatten. Reichlich Masse in Bewegung, unaufhaltsam die sachte abfallende Straße der SA hinunter. Schwungvoll schleuderte er seine blanken Stiefel nach vorne. Wenn die schlecht übereinanderkamen, dann wäre er nicht mehr zu bremsen. Gut einhundert Kilo in unkontrollierbarem Flug. Wenn die Landung nicht mit so vielen Schmerzen verbunden gewesen wäre, dann hätte er sich für diese Variante entschieden. Um schneller zu sein und vielleicht doch herauszukommen. In die Höhe, schlagend mit den Armen, strampelnd mit den Beinen. Meter für Meter hinauf, um das hier hinter sich zu bringen. Ganz klein nur noch aus luftiger Entfernung. Ein irriger Gedanke, der ihn nicht wirklich weiterbrachte. Süße Verlockung bloß.

Seine Sohlen schlugen jedes Mal knallend auf den runden Pflastersteinen auf. Schläge, die das harte Mauerwerk der Häuserfronten zurückschickte und zu verstärken schien. Viel zu laut war er in diesem Tempo, wo doch um ihn herum die Stille grausam regierte. Die durchfahrenden Lastwagen hatten sie alle gehört, egal wo sie kauerten. Den Kopf noch ein Stück tiefer eingezogen. Wie Schnecken sich in ihrem Haus verkrochen. Die Schläge seiner Stiefelsohlen lockten sie wieder heraus, ans Fenster im sicheren Schutz der Vorhänge, die nur vorsichtig sachte ein kleines Stückchen bewegt wurden. Der Spalt, der ausreichte, um ihn zu sehen. Rasend und so ganz alleine. Weiter wagte sich von ihnen noch keiner vor. Nur die Gardine, die sie geübt und von draußen kaum sichtbar wieder in ihre ursprüngliche Position zurückgleiten ließen. Wahrscheinlich setzten sie ihre Schritte drinnen in den Stuben und Küchen noch gedämpft auf. Leise schleichend, um keinen unnötigen Lärm zu machen. Unauffällig und versteckt hinter den dicken Wänden. Obwohl doch jede Krähe wusste, dass in einem Schneckenhaus auch ein schmackhafter Inhalt steckte. Es musste nur geknackt werden. Aus einiger Höhe ließen sie sie auf das Pflaster fallen, um sich dann kreischend über den schleimigen Matsch herzumachen. Kein Schneckenhaus bot Schutz. Und auch der Keller nicht. Gerne hätte er sie jetzt gesehen. Wie sie unter der Erde kauerten. Wer wohl hinter seinem Weinfass saß oder gar darinnen? Versorgt mit der dicken wollenen Decke und dem Notproviant für zwei, drei Tage. Hoffentlich waren es viele, die ihn dann nicht sehen konnten und nicht hören. Die Schläge seiner ledernen Stiefelsohlen auf den blanken, runden Kopfsteinen.

An den meisten Häusern waren die Klappläden geschlossen. Noch wie tief in der Nacht sah das aus, obwohl es doch schon helllichter Tag war. Das Aufklappen der hölzernen Flügel vor jedem Fenster zeigte an, dass man das Tagwerk begonnen hatte. Die meisten konnten daher gar nicht früh genug damit anfangen. Die erste Anstrengung morgens, noch vor dem Gang an den Waschstein in der Küche. *Seht her, wir sind schon auf! Für uns hat der Tag schon begonnen. Nur, wer sich früh schon müht, kann es zu etwas bringen. Der frühe Vogel fängt den Wurm.* Aber nur dann doch, wenn auch der Wurm zeitig dran war. Heute war er zeitiger dran. Nicht viel, aber doch ein wenig, was ihm jetzt als letzte Rettung erschien. Heiser schnaufend erreichte er das Hoftor seines Hauses. Warum bloß hatte er nicht an das

Fahrrad gedacht? Das hatte er gestern doch dort oben bei den Soldaten vergessen. Alles zuviel. Er schüttelte den Kopf.

Leise schloss er das Türchen hinter sich und schob den Riegel vor. Er hielt einen Moment inne. Sein Körper verlangte nach einer Pause, die er ihm nicht gönnen konnte. Ein paar ruhigere Atemzüge, hier in Sicherheit. Ein Schutz aus gehauenen Steinen und den Wänden, zu denen sie in die Höhe geschichtet waren. Keine Burg, die ihnen lange trotzen würde, wenn sie an ihn wollten. Deshalb musste er weiter auf seinen schmerzenden Fußsohlen. Fast schleichend aufgesetzt, trugen sie seinen fleischigen Körper bis zur Haustür. Auch die drückte er achtsam hinter sich zu und schob den Riegel vor, ohne dass es groß zu hören gewesen war. Erst jetzt konnte er rufen.

„Lisbeth!" Er schrie. Kehlige Laute. Ein entschlossenes Schlucken schuf ausreichend Raum. „Lisbeth!" Endlich konnte er mit aller Kraft brüllen. Schritte waren zu hören, Geräusche, oben im Schlafzimmer vielleicht, gedämpft aber noch. „Lisbeth! Heiz den Ofen ein, wir müssen Ordnung schaffen!"

Zweiunddreißig

Stöhnend richtete er sich auf und schickte seine Finger wieder auf Erkundungstour. Expedition am eigenen Körper. Ausgang ungewiss, aber reichlich neue Erkenntnisse. Sven Hedin auf großer Fahrt. Seine Nachtlektüre so lange schon her, aber ein Fetzen Erinnerung, der Freude schuf. Der Schmerz war immer noch da und er pochte heftig in seinem Hinterkopf. Es war außen und nicht drinnen wie noch davor. Daher dirigierte er seine Fingerspitzen dorthin. Langsam schoben sie sich durch das dichte Dickicht seiner blonden Haare. Mal drückten sie vereinzeltes weiches Gezweig zur Seite, dann auch dicke harte Stämme. Jetzt mussten sie vorsichtiger werden. Das wollte sein Kopf so, obwohl er noch keinen übermäßigen Schmerz signalisierte. Der Grundschmerz war da wie ein dumpfes Surren im Hintergrund. Noch keine Nadeln, die stechend in ihn hineinfuhren. Die Fingerspitzen seiner linken Hand vermeldeten feuchten Untergrund. Klebrige Erde und beginnendes sumpfiges Terrain.

Der langsam auftauende Oberboden in der russischen Weite. Der erlösende Frühling nach einem grausamen Winter, der so viele die Fußzehen gekostet hatte, wenn sie überhaupt noch lebten. Ein erlösender Frühling, der alles unter ihren Füßen in weichen, zähen Morast verwandelte, der sie kaum mehr vorankommen ließ. Sein blondes Haar stand wie die dünnen Halme der russischen Weite strohig und starr in die Höhe. Er hielt einen Moment inne, um zu prüfen, ob er die Finger auf seinem Schädel wirklich weiterschicken sollte. Aber sicher! Keine Gefahr war zu übermächtig, um sie nicht doch anzugehen.

Anhalten und zurückbeordern konnte er sie immer noch. Im schlimmsten Fall auch unter Einsatz aller verfügbaren Kräfte raushauen. Den Weg freikämpfen bis zu ihnen. Sie konnten sicher sein, dass der Rest der Truppe sie nicht im Stich lassen würde, wenn es darauf ankam. Ehrensache, der Einsatz für die eigenen Kundschafter. Und seine Finger waren in diesem Moment seine Kundschafter. Auch draußen im Feld, an der Spitze hatten sie alle stets zusammengehalten wie Pech und Schwefel. Eine Stimme fing er sogar dazu ein, vielleicht auch eine Melodie, die er im Hintergrund eingespielt bekam. *Auch wenn die ganze Erde bebt, und die Welt sich aus den Angeln hebt.* Mehr nicht, wieder Ruhe um ihn. Alles andere lenkte ja auch nur ab. Und die tastenden Finger auf seinem angeschlagenen Schädel hatten einen Auftrag. Weiter voran in unwegsamem Gelände, über umgestürzte massive Bäume. Da hatten sie ganze Arbeit geleistet. Alles kurz und klein geschossen. Und sie mussten am Boden schon wieder durch das Chaos. Auf dem Vormarsch im Sommer 1941 hatte fast immer ihre Einheit das ausbaden müssen. Daran dachten die da oben in ihren Fliegern bestimmt nicht, wenn sie die Bomben ausklinkten, dass sie hier unten dann zu klettern hatten. Drüber und drunter durch, ohne wirklich Strecke zurückzulegen. Und dann hingen sie hinterher, Rückstand kaum aufzuholen. Die anderen mussten warten auf sie, der Vormarsch stockte, weil sich bei ihnen eine ordentliche Delle in der Frontlinie gebildet hatte. Aber nur, weil sie einen zerschossenen Wald zu durchkämmen hatten. Keine Feindnester im Rücken zulassen. Zumindest keine größeren. Um die Versprengten kümmerten sich die nachrückenden Einheiten. Die Schweiger, wie sie sie nannten. Brauchten viel mehr Munition als sie in der schnell vorrückenden Frontlinie. Wurde erzählt, aber ganz leise nur, wenn höchstens vier Ohren im näheren Umkreis waren. Und das war selten der Fall.

Jetzt lag weite Ebene vor ihnen. Der Waldrand erreicht, an dem sie erst einmal rasteten. Das hält die Truppe bei Laune. Danach über offenes Feld. Geduckt und im Laufschritt weit auseinandergezogen. Verdammt glatt war die Fläche. Keine sanften Wellen, Gräben, in die man zur Not abtauchen konnte, um Deckung zu finden, falls sie doch ein MG-Nest übersehen hatten. Zu gut getarnt und sie ins Visier nehmend.

Spitz fuhr der Schmerz in seinen Kopf und ließ ihn zusammenzucken. Dabei hörte er noch einmal das Geräusch. Es kam bekannt an in seinen Ohren. Ein gedämpftes Brechen von Glas. Zunächst knackte es und dann klangen die Scherben erst nach. Im Fallen, wenn sie sich gegenseitig mit in die Tiefe stießen. Das hatte aber schon nur noch einen gedämpften Klang. Zugedeckt unter reichlich wärmender Wolle oder eben Stroh. Im Strohhaufen kauernd. Aber dort konnte er ihn unmöglich so fest auf den Hinterkopf getroffen haben. Dabei war das Glas in die Luft geflogen. Erdbeere Juni '44. Er fühlte es noch in seinen Händen, obwohl es seine Augen schon frei fliegend in der Luft sahen. Sie gaben die Meldung weiter und seine Hände erkannten, dass sie hinterherhinkten. Es war das Glas Marmelade, dass er dem Irren gerade aus der Hand gerissen hatte. Nach den Mirabellen war es zum Vorschein gekommen. Überraschungen aus seinem Rucksack wie Weihnachten, nur ohne Kerzen, Baum und Lieder. Geschrien hatte er nur ganz kurz und sich dann wieder auf seine Mirabellen fixiert. Folgsam sich fügend in sein Schicksal. In seinem Rucksack war ja noch so viel mehr gewesen. Klingende Köstlichkeiten hinter Glas, von denen er sich später ruhig noch einmal bedienen konnte. Er war ja nur ein humpelnder Krüppel mit anderthalb Händen. Den Rücken musste er ihm zugedreht haben, um zurück in seine Ecke des Scheunenbodens zu gelangen. Wahrscheinlich den gierigen Blick nur auf die Erdbeermarmelade gerichtet. Ganz sicher fühlte er sich in diesem Moment, als der Schmerz hinzukam und alles in Dunkelheit tauchte.

Es musste eine klaffende Wunde an seinem Hinterkopf sein, die stark geblutet hatte. Der Irre hatte ihn mit dem Marmeladenglas niedergestreckt. Auch direkt vor ihm schimmerte es rot im Stroh. Keine Erdbeeren. Langsam reagierten seine Füße und Beine auf die Befehle, die er ihnen übermittelte. Sie drehten seinen ganzen Körper, weil er den Kopf nicht bewegen konnte. Er versuchte es erst gar nicht, aus Angst vor der Pein, die ihn erwartete.

Er war alleine hier oben. Der Krüppel war weg, auch sein Rucksack. Unter seinen Füßen knirschten die Scherben. Er spürte ihren Druck auf seine Fußsohlen durch die Stiefel. Sein Nachtlager war geräumt. Eine große Lücke an der Stelle. Das weiße Unterhemd, der Unterrock, die ordentlichen Strohbündel, auf denen alles gelegen hatte. Restlos verschwunden. Einen vorsichtigen Schritt taten beide Füße hintereinander. Sie waren der Meinung, dass sie seinem Kopf eine Antwort schuldeten, auch wenn er sie nicht dahin befohlen hatte. Das quadratische Loch im Boden. Die Bündel lagen dort unten und noch viel mehr Stroh.

Dreiunddreißig

Vorsichtig schob er ganz langsam den Kopf durch das Hoftörchen, das er nur einen kleinen Spaltbreit aufgezogen hatte. Dieser Weg war ihm weniger gefährlich erschienen, als einen der fest verschlossenen Klappläden aufzustoßen. Zumindest einen Flügel hätte er ganz öffnen müssen, weil ansonsten kaum ausreichend Platz zum Hinausschauen gewesen wäre. Zuerst hatte er gelauscht. Ganz leise. Das Ohr nahe am Holz für ein paar Minuten. Es war noch still, aber trotzdem schon nicht mehr so wie noch vorhin. Die Starre war der schleichenden Bewegung gewichen. Bewegungen ohne hörbare Laute, hinter sicheren Hauswänden. Als das erste hölzerne Knarren seine Ohren fand, hatte er den Riegel zurückgeschoben.

Die Hamster-Marie lehnte gegenüber aus ihrem Fenster. Sie war schlecht auf den Beinen unterwegs. Mit einer Hand hielt sie den Flügel des Klappladens, um ihn zur Not schnell wieder heranzuziehen. Als er den ersten Schritt auf die Straße setzte, vernahm er auch schräg gegenüber ein schüchternes Knarren. Der Russen-Franz schob seinen Kopf durch einen Spalt in seinem Hoftor. Den Nachbarn der Hamster-Marie nannten sie so, seit er aus dem Krieg heimgeschickt worden war. Ein Bein hatte er in Russland gelassen, aber trotzdem nicht sein Lachen verloren. Unwiederbringlich untauglich geschossen mit vierzig Jahren. Dazu grinste er. *Bein ab, aber noch am Leben. Voll funktionstüchtig der ganze Kerl. Kann meine Gerda bestätigen.* Einer der wenigen Männer im Dorf, die noch nicht das Greisenalter erreicht hatten. Wenn er besonders gut drauf war und einen getrunken hatte, fing er an, russisch zu schwadronieren. In voller Lautstärke, ohne dass einer jemals hätte sagen können, ob es denn wirklich Russisch war, was da aus seinem Mund floss. Auf seinen beiden Krücken kam er heraus und auf ihn zu. Das abgebundene rechte Hosenbein baumelte nach, als er schon längst vor ihm stand.

„Sie sind weg."

Der Janz nickte. „Sie müssen die Stellung geräumt haben." Er flüsterte, da sie sich nun in die Augen sehen konnten. Und weil er es gewohnt war, dass man um das Haus vom Mengel herum immer nur gedämpft auf der Straße sprach. Wenn er zu sehen war, schwieg man sogar ganz oder klärte sich halblaut gegenseitig über das Wetter der letzten Tage und die daraus resultierenden Gebrechen auf. Der Russen-Franz bewegte den Kopf zu einem Nicken.

„Es machte ja auch keinen Sinn, ein Dorf in der offenen Ebene zur Verteidigungsstellung auszubauen. Rein militärisch." Er schmatzte. „Weil man mit ein paar Panzern in einer guten halben Stunde das ganze Nest sturmreif geschossen hat." Noch einmal schmatzte er. „Aber manchmal kommen die Generalitäten doch noch zu ganz erstaunlich klugen Entscheidungen." Er grinste breit und ließ seinen auf die Krücken gestützten Oberkörper ein paarmal zucken. Ein stilles Lachen schien er damit andeuten zu wollen.

„Da sind wir noch mal glücklich davongekommen."

Still hatte sich mittlerweile Metzgers-Luise dazugestellt. Und sofort mit Nicken begonnen. Das tat sie grundsätzlich, wenn sie sich dazugesellte auf der Straße, meistens ohne sich mit eigenen Wortmeldungen einzubringen. Sie nickte nur, mal weniger heftig, wenn sie nicht ganz einverstanden war und schneller dann, wenn sie volle Zustimmung signalisierte. Jetzt bewegte sie ihren Kopf mit den dünnen weißen Haaren in einem Zwischentempo auf und nieder.

„Ja, das sind wir. Und im letzten Moment." Der Russen-Franz kam noch einen kleinen Sprung näher an ihn heran. Er sah einmal kurz hinüber zu Mengels Haus, um sich zu versichern, dass der nicht plötzlich mitten im Satz neben ihm stand. Auch halbe Sätze und gerade die noch fehlenden, gar nicht ausgesprochenen Worte, konnten einem schnell gefährlich werden. „Sie sind nicht mehr weit." Er blickte bedeutungsschwanger und fuhr dann fort. „Gestern Abend hats der Sender gebracht. Ein strammer Tagesmarsch. Mit schnellen Panzern und ohne große Gegenwehr ein paar Stunden nur. In Russland haben wir das an einem Vormittag gemacht, sogar bei leichter Gegenwehr." Er nickte mehrmals, im Takt für einen Moment mit Metzgers-Luise. „Und das haben die gestern Abend gemeldet."

„Die Amerikaner?" Der Janz brach ab, weil er doch eigentlich ganz anders hatte anfangen wollen. Das waren seine Gedanken manchmal, die er aussprach, obwohl sie noch gar nicht reif für Mund und Lippen waren. Unausgegoren.

Der Russen-Franz lachte jetzt.

„Die Russen sind noch nicht so weit. Aber die kommen auch noch." Metzgers-Luise beschleunigte ruckartig das Tempo ihrer nickenden Bewegungen. Auch wenn es beim Zusehen Schmerzen verursachte, so hielt sie diesen Takt doch problemlos über einen längeren Zeitraum durch.

„Die Amerikaner werden hier alles in Trümmer schießen, wenn sie die Panzersperren am Ortseingang sehen!"

Der Russen-Franz legte seinen Kopf leicht schief und

brummte einen knappen dunklen Ton dazu. Es machte den Eindruck, er wäge das militärische Für und Wider ab.

„Haben wir auch so gemacht bei Panzersperren in den Dörfern. Besser erst einmal ein paar Schuss hinein. Aus sicherer Entfernung und allen Richtungen. Dann kann man immer noch nachsehen, wenn sich nichts regt. Wäre nicht der erste Hinterhalt dieser Art. In ein Widerstandsnest mit engen Gassen geht keiner freiwillig rein. Selten haben sie nur den Nachttopf über uns ausgegossen. Meistens war es doch Pech und Feuer."

Der Janz drehte sich kurz um. Ein schneller Blick in Richtung Mengel, dann wieder zurück zum Russen-Franz.

„Wir müssen etwas unternehmen! Noch bevor sie kommen."

Der Russen-Franz grinste wieder und lachte kurz auf. „Ich habe nicht mehr viel zu verlieren. Höchstens noch das zweite Bein. Aber damit komm ich auch noch zurecht. Einen Dreschflegel und die rostige Mistgabel kann ich beisteuern. So ist mein Großvater 1848 schon ins Feld gezogen. Zumindest hat er das erzählt, uns kleinen Buben. Recht geglaubt haben wir es ihm eigentlich nie."

„Verdammt! Kannst du denn nicht wenigstens jetzt mal ernst bleiben?" Er schnaufte ihn dampfend, zornig an. „Wenn wir hier noch lange rumstehen, sind sie da. Und dann wird es zu spät sein."

„Wenn du weiße Betttücher raushängst, dann knüpft er dich auf!" Der Russen-Franz zischte ärgerlich und deutete mit einer knappen Bewegung in Richtung Mengel. „Das haben sie schon mit einigen gemacht, sogar mit den eigenen Leuten, wenn man dem Berliner Sender noch glauben kann. Aufgehängt, weil sie weiße Fahnen gehisst haben, als die Panzer anrollten. Dabei waren es eigene Truppen und ganz verbohrte außerdem noch." Er zuckte mit den Schultern dazu. „Die haben auch keinen Spaß verstanden." Er grinste wieder.

„Das traut sich der Mengel nicht mehr. Der wird zusehen, dass er selbst heil durch die nächsten Tage kommt. Der verrammelt gerade Tür und Tor aus Angst, dass wir ihn holen. Mit der Mistgabel und dem Dreschflegel. Von seinen Schlägern ist doch längst keiner mehr da."

„Unterschätz den mal nicht." Der Russen-Franz schüttelte den Kopf zu seinen eigenen Worten. „Der hat schon immer gut austeilen können."

„Aber die Zeit läuft uns davon. Und wenn wir uns einig sind, dann kann er uns gar nichts anhaben. Willst du dich mit deinen zwei Mädchen im Keller verbarrikadieren und beten, dass sie dir das Haus über dem Kopf nicht in Schutt und Asche legen?" Der Janz rieb sich über die Brust. Er versuchte, den Schmerz wegzudrücken, der ihn immer dann heimsuchte, wenn er an seine beiden Söhne denken musste. Warum? Sollten die anderen doch sehen, wo sie blieben. Ihn brauchte das gar nicht mehr zu interessieren. Ein paar Jahre noch und dann lag er neben der Kirche unter der Erde.

„Natürlich will ich das nicht. Aber wenn du jetzt weiß hisst und nachher kommen doch noch unsere Truppen auf dem Rückzug durch, dann sieht das ganz mies aus für uns. Dann bekommen wir das Dorf von den eigenen klein gehauen."

„Es bleibt uns keine andere Wahl. Die Panzersperren auf der Straße sind schon aus einem guten Kilometer Entfernung zu sehen. Die feuern den ersten Schuss ab, bevor wir mit den Fahnen richtig losgelaufen sind." Der Janz schüttelte sich, als ob er fröre. Dabei war ihm heiß. „Wir müssen zumindest oben an den ersten Häusern ein Betttuch heraushängen, bevor es zu spät ist." Ein Stück weiter konnte er jetzt die Schuster-Mine und die Hasen-Ingrid erkennen. Sie waren zusammen auf dem Weg hierher. Der Schuster-Mine war wie immer anzusehen, dass sie sich nur unter größter Mühe dem so langsamen Tempo ihrer Nachbarin, die noch immer das Wasser in den Beinen plagte, anpassen wollte. Am liebsten wäre sie ihr davongelaufen.

„Sie kommen!" Der Janz hörte die japsenden Rufe der Schuster-Mine schon. „Sie kommen! Die Postmeister-Anni hat die Panzer aus der Dachluke gesehen!"

Vierunddreißig

Sie warf nur einen kurzen Blick hinein und zog schnell ihren Kopf wieder zurück. Er schlief zwar, aber wenn er doch die Augen aufschlug, kannte er kein Halten mehr. Vorsichtig bewegte sie die Türklinke ein wenig nach unten und schloss die Tür. Erst dabei fiel ihr Blick zufällig auf den Schlüssel. Sie hatte das nicht beabsichtig, weil sie ja gar nicht wusste, dass da ein Schlüssel in seiner Tür steckte. Und der Schlüssel steckte von außen, sodass es kaum zu hören sein dürfte, wenn sie ihn im Schloss bewegte. Sie hielt einen Moment inne, nachdem sie die Klinke losgelassen hatte.

Er war wiedergekommen, erst vor einer guten halben Stunde. Und ohne dass sie ihn gesehen hatte, in seinem Zimmer verschwunden. Fast lautlos für seine Verhältnisse. Ein paar knarrende Dielen nur. Dann war wieder Ruhe gewesen, so, als ob gar nichts geschehen wäre. Ihr Herz schlug fest in ihrer Brust. Zuerst hatte sie noch geglaubt, dass es mit den Soldaten zu tun gehabt hätte. Die waren ein paar Minuten vor ihm vorbeigefahren. Aber er war ja von hinten durch den Garten hereingekommen. Über die Straße war er noch nie gerne gelaufen, weil er sich da nicht verstecken konnte, wenn einer um die Ecke bog. Kein Busch, kein Strauch, der Deckung bot. Er hüpfte dann wie ein aufgescheuchtes Reh nervös umher.

Vielleicht konnten sie, wenn der Krieg erst vorbei war, die Kugel aus seinem Kopf herausholen. Sie spürte, dass dann vieles einfacher werden würde mit ihrem Jungen. Es würde auch dann kein leichtes Leben werden, aber alles war besser als ganz alleine zu sein in diesem Haus. So hörte sie nicht nur das Echo alter Schritte, die vor Jahren schon getan worden waren. Sie konnte auch frische Schritte hören, wie vorhin, als er zurückkam. Ganz still und leise in sein Bett. Frische Schritte klangen so ganz anders als vergangene.

Langsam drehte sie den Schlüssel im Schloss. Ein kaum hörbares metallisches Geräusch drang an ihre Ohren. Gegen einen sanften Widerstand bewegte sie den Schlüssel noch ein Stück weiter. So war es gut.

Fünfunddreißig

„Sie hetzen draußen gegen dich." Mit vorsichtigen Schritten kam sie über den Dielenboden aus der Stube zurück in die Küche, wo er vor dem großen Herd stand. „Der Janz natürlich und auch der einbeinige Franz von gegenüber. Sie haben immer hier rübergeschaut. Durch den Laden hindurch konnte man sie gut sehen." Flüsternd stand sie jetzt neben ihm. Schweigend sahen sie den Flammen zu, die aus der großen runden Öffnung des Herdes schlugen. Durch sein unregelmäßiges Knacken verriet er, dass er ordentlich beladen wurde. Zum Glück hatten sie ihn nicht erst jetzt anmachen müssen. Der alte Küchenherd, der den unteren Stock leidlich erwärmte und vor allem zum Kochen diente, brauchte viel zu lang, bis er richtig zog. Er war ja auch nicht zum schnellen Anfeuern gedacht. Lange sollte er die Wärme halten und gleichmäßig auf die große Platte verteilen, die Platz für etliche Töpfe bot. Neben dem Mittagessen konnte man dann in einem Gang gleich noch zwei ordentliche Töpfe Kartoffelschalen für die Schweine kochen. Das ging schnell von der Hand, wenn der Ofen schon ein paar Stunden brannte. Dann war er mit einigen Scheiten Holz zügig auf der richtigen Temperatur.

Lisbeth hatte ihn wohl schon in der Nacht angefeuert. Er hatte das gar nicht mitbekommen. Auch heute Morgen nicht, als er aus dem Haus gegangen war. Bei seiner Rückkehr von der ausgefallenen Entscheidungsschlacht hatte er sie bereits in der Küche am großen Herd vorgefunden. Zorn war ihm heiß und glühend in den Schädel geschossen und seine rechte Hand hatte sich schon auf den Weg gemacht, um entschlossen nach ihr zu packen. Im letzten Moment hielt ihn sein Verstand zurück und die Tränen, die aus seinen Augen quollen. Stattdessen strich er ihr einmal sanft mit der schon ausgefahrenen Hand über den Rücken. Sie blieb ungerührt stehen und fütterte die lodernden Flammen vor ihr weiter mit dem Völkischen Beobachter. Tag für Tag, so wie er ihn gesammelt hatte seit dem Tag, an dem sein Führer zum Reichskanzler ernannt worden war. *Das ist Geschichte, unsere Geschichte. Die muss man doch aufheben für die Nachwelt.* Fein säuberlich hatte er sie aufgeschichtet, Jahr für Jahr. In der kleinen Stube, in der sie ganz am Anfang ihre Parteitreffen abgehalten hatten. Hier hatte alles angefangen. Hier in diesem Haus, an dem runden Tisch in der kleinen Stube. Er und der Chaussee-Erwin aus dem Dorf und die Parteigenossen aus dem Nachbarort. Dort hatten sie zwei Monate zuvor eine Ortsgruppe ins Leben gerufen. September 1925 und sie wollten es ihnen gleichtun. Hinter verschlossenen Klappläden, damit man sie nicht von der Straße sehen konnte. Der junge Wies und seine Kumpane fackelten nicht lange. Eine Versammlung im Nachbardorf hatten sie kurz und klein gehauen. Es waren einfach zu viele gewesen, als dass sie sich hätten wehren können. Sie rannten davon, so schnell sie konnten. Vor dem Wies, seinen Kumpanen aus den umliegenden Dörfern und den Schlägern, die sie aus der Stadt herbeigeschafft hatten. Es dauerte, bis sie denen Paroli bieten konnten. Und der Wies hatte es verdient. Er war der Schlimmste gewesen, unbelehrbar. Noch im November 1932 hatte er einem von ihnen aufgelauert. In den Weinbergen. Er war auf dem Heimweg gewesen und alleine. Böse zugerichtet hatten sie ihn, fast totgeschlagen und liegen gelassen. Wenn seine alte Mutter sie nicht herausgebrüllt hätte, wäre er in dieser Nacht sicher erfroren. Sie haben ihn zum Glück noch rechtzeitig gefunden und heimgeschleppt.

Lisbeth stand jetzt wieder neben ihm. Die Hitze hatte seine Tränen mittlerweile getrocknet. Es waren ja nicht wirklich viele gewesen. Für Sentimentalität blieb in dieser Situation kaum Zeit. Bald waren sie hier und es gab noch so viel zu tun bis dahin. Ihren Platz am Herd hatte sie ihm für ein paar Minuten überlassen, um den nächsten Jahrgang des Völkischen Beobachters herbeizuschaffen. 1937. In der Zwischenzeit hatte er die Flammen mit seiner alten Parteiuniform gefüttert, die sie schon auf dem Küchentisch bereitgelegt hatte. *Das musst du selbst machen.* Sie war ihm vor ein paar Jahren schon zu eng geworden und hatte ihre Schuldigkeit getan. An den Ellbogen war der Stoff bereits reichlich dünn. Bei jeder Bewegung knackte es gefährlich. Er musste die runde Öffnung in der Herdplatte zuschieben, weil es zu stark qualmte. Der Stoff brannte nicht so sauber, wie es das trockene Zeitungspapier tat. Aber jetzt war wieder Platz für Nachschub. Sie drückte ihn ein Stück zur Seite und ließ zwei, drei Tage in die Flammen gleiten. Die nagten gierig züngelnd. Goebbels krümmte sich, bevor er verschwand.

„Zieh dich in der Zwischenzeit aus. Ich mache ihn schön heiß."

Er sah sie von der Seite an. Lisbeth zeigte keine Reaktion. Sie blickte weiter in das Gelb der lodernden Flammen und griff immer wieder neben sich, um sie weiter gut zu nähren.

„Mach schon, worauf wartest du noch?"

„Nein, das kann ich nicht." Es hatte nach dem schlechten Widerstand eines Schuljungen geklungen. *Nein, nein, das will ich nicht. Meine Suppe ess ich nicht.*

„Wenn sie da sind, ist es zu spät." Jetzt sah sie ihn für einen kurzen Moment an, um ihren Kopf gleich wieder wegzudrehen. Der Ofen knackte. „Oder willst du die Amerikaner in der Parteiuniform in Empfang nehmen?“ Es sah nach einem Grinsen aus, was er von der Seite auf ihrem Gesicht zu erkennen meinte.

„Ich glaube noch nicht, dass sie uns hier einfach so im Stich lassen. Dem Feind opfern.“ Er schüttelte den Kopf.

„Es ist vorbei, Heinrich.“ Sie drückte eine ganze Woche durch die runde Öffnung. Für einen Moment war es dunkel da drinnen. Verschluckt hatten sich die Flammen. Sie brauchten ein wenig, um Qualm hustend wieder zu sich zu kommen.

„Hast du vergessen, wie viel sie gekostet hat? Du hast gesagt, dass sie jetzt aber für ein paar Jahre halten muss bei dem Preis.“ Er stockte. „Und wenn du nur die Parteiabzeichen abtrennst. Eine braune Jacke ist das dann doch und nicht mehr.“

„Willst du die braune Uniform in den Wingert anziehen?“ Sie sah ihn wieder kurz an. „Gut, dann mach das. Aber ich glaube, es ist besser, wenn sie brennt.“

Umständlich zog er die Jacke aus. Er fühlte die aufsteigende Feuchtigkeit in seinen Augen. Das Goldene Parteiabzeichen löste er vom Stoff und legte es hinter sich auf den Küchentisch.

„Oben auf dem Dachboden kommt das unter die lose Diele. Da findet es keiner. Das kann ich nicht verbrennen. Das nicht.“ Er versuchte, seiner Stimme einen drohenden Klang zu verpassen. Bettelnd hatte es letztlich geklungen. *Bitte, bitte nicht. Nicht alles wegnehmen.*

Lisbeth Mengel legte noch einmal zwei Tage des Völkischen Beobachters nach und wartete einen Moment, bis die Flammen kraftstrotzend und fordernd in die Höhe schlugen. Dann ließ sie ganz langsam die Jacke durch die kreisrunde Öffnung des Herdes gleiten.

„Die braune Hose kannst du in die Weinberge anziehen. Ein bisschen zu fein für eine Arbeitshose, aber wegwerfen muss man die nicht." Sie schob den Deckel des Herdes zu. „Geh und hol die Unterlagen der Ortsgruppe. Die Parteiausweise, die du noch nicht ausgegeben hast. Ich glaube, die will jetzt keiner mehr. Und es ist besser, wenn man die nicht hier bei uns findet!"

Heinrich Mengel nickte und schlich leise nach draußen. Sie sah ihm nach. Sie konnte nichts dafür, was er angerichtet hatte. Als sie den Wies umgebracht haben, waren sie noch nicht lange verheiratet. Er war nicht mehr ganz jung, aber ein schöner Mann gewesen damals. Kräftig und stark. Und schon so viel weiter als die jungen Männer in ihrem Alter. Ihm gehorchten sie, und das hatte auch ihr gefallen. Was hätte sie denn machen sollen in all den Jahren? Sie konnte nichts dafür und über den Flammen heute früh war ihr klar geworden, dass sie ihr dafür auch nichts antun würden. Sie hatte niemandem Schaden zugefügt, nie die Hand erhoben. Sie war doch nur seine Frau gewesen. Und für vieles, was er getan hatte, hatte sie Abscheu empfunden. Einen Abscheu, den man ihr bestimmt hatte ansehen können. Deswegen hatte sie heute Morgen über den Flammen auch beschlossen zu gehen. Wenn die Amerikaner hier durch waren, machte sie sich auf den Weg nach Hause. Ihre Mutter und auch ihr Bruder auf dem Gut würden Verständnis für sie haben. Zumal es ganz sicher an ihm lag, dass sie bisher keine Kinder bekommen hatten. Sie war gerade vierzig, noch nicht zu alt, um noch einmal neu anzufangen, wenn das hier alles überstanden war.

Sechsunddreißig

Der alte Janz konnte nicht rennen. Seine Knie ließen das nicht zu. Trotzdem war er schnell unterwegs.

Behalt du den Mengel im Blick!

Soll ich ihm mit der Krücke eins überziehen, wenn er sich vors Tor traut?

Der Russen-Franz hatte dazu gelacht. Er selbst hatte sich aber mit schnellen Schritten nach drinnen begeben. Die alten großen Leinentücher in der Truhe im Schlafzimmer waren sein Ziel gewesen. Gretel hatte ihm noch etwas hinterhergerufen auf dem Weg nach oben und auch als er schon wieder längst im Hof war. Er hatte es nicht recht verstanden, ihr aber im Laufen anbefohlen, hinter ihm das Tor wieder zu verriegeln.

Es standen viele auf der Straße, still tuschelnd und nicht weit vom eigenen Hoftor entfernt. Schnell war man dann wieder drinnen, wenn einer Gefahr pfiff, wie die vorsichtigen Murmeltiere. Lauter Alte, nur ein paar junge Mädchen und Frauen. Die Klappläden der Häuser waren noch fest verschlossen.

Er hielt das gefaltete und gebügelte Leinentuch unter seinem rechten Arm eingeklemmt. Ein kleiner Junge, der einen Stock in der Hand trug, an dessen Spitze ein weißes Taschentuch wedelte, wollte sich ihm anschließen. Seine Mutter packte ihn entschieden am Arm und zerrte ihn mit sich. *Hiergeblieben!* Aus dem stillen Gemurmel an den Hauswänden drangen immer wieder vereinzelte Rufe an sein Ohr. *Janz, wo willst du hin? Wir müssen auch ein Betttuch raushängen. Sie müssen bald hier sein!* Er schüttelte die Fragen ab und hetzte weiter. Wenn es bloß nicht schon zu spät war. Wenige Häuser vom Ortsausgang entfernt bewegten sich schon die ersten Bettlaken im zarten Wind. Er atmete erleichtert durch. Sie hatten es also auch verstanden. Er behielt trotzdem sein Tempo bei.

„Wilhelm, wo willst du hin?" Die Stimme gehörte zur Graben-Erna. Ihr Haus war das letzte auf der rechten Seite, bevor nach ein paar kleinen Gärten der schmale Graben kam, der schon den Fuß des Walls bildete. Ihr Mann war der erste Gefallene des Krieges aus dem Dorf gewesen. Mit seiner Einheit war er schon am 1. September 1939 weit nach Polen hinein vorgedrungen. Ohne viel Gegenwehr. Nur ein paar verirrte Schüsse, von denen einer ihren Manfred in den Hals getroffen hatte. Damals hatte das ganze Dorf mitgetrauert, tief bewegt, weil der Krieg bei ihnen angekommen war. Fassbar. Später kamen sie gar nicht mehr hinterher mit der Anteilnahme. Abgestumpfte Trauerroutine.

„Ich will ihnen entgegen. Die sehen nur die Panzersperre auf der Straße und gar nicht die weißen Laken!"

Die Graben-Erna lehnte mit den Ellbogen auf der Fensterbank im oberen Stock. Von da aus konnte sie mit etwas Mühe über den Wall hinwegschauen.

„Zu sehen sind sie aber noch nicht. Nur zu hören. Es brummt. Die Motoren." Sie strich die dicke weiße Bettdecke glatt, die sie über das Fensterbrett nach draußen gehängt hatte. Im Fenster daneben war das weiße Betttuch eingeklemmt. Unter den verschlossenen Klappläden hing es hinaus und bewegte sich kaum. Sie war schon wieder verschwunden. Wie die meisten anderen im Dorf sicher jetzt auch. Kurz nur auf der Straße, bis es alle wussten, dass die mutigen Verteidiger von gestern das Weite gesucht hatten. Die Betttücher hinaus und dann schnell verkrochen. Abwarten, was kam. Das Schicksal, das man doch nicht selbst bestimmte. Ein stilles und ganz schnelles Gebet. Eines, das einem noch einfiel und passte. *Herr, steh uns bei in dieser schweren Stunde!*

Er war jetzt an der Panzersperre. In die Höhe geschichtetes Gerümpel aus Dutzenden Scheunen zusammengetragen und hierhergeschleppt. Ganz unten konnte er den Heuwagen erkennen. Sie hatten ihn umgeworfen. Es war nicht seiner, er sah ihm aber ähnlich. Die Seitengatter, die wie überdimensionierte Leitern wirkten. Darüber hatten sie loses Kleinzeug aufgehäuft. Dort würde er unmöglich hinaufkommen. Der Berg aus altem Zeug war ein paar Meter hoch und ging, zu beiden Seiten auslaufend, ein Stück weit über den flachen Straßengraben hinaus. Schnell war er um die Sperre herum und wieder auf der Straße. Aus dem Haufen zog er eine schlechte Bohnenstange heraus. Er schüttelte das Leinentuch auseinander und band es mit einem Knoten am dünnen Ende des Steckens fest. Mit gestrecktem Arm hielt er seine weiße Fahne weit in die Höhe, während er weiter eilige Schritte setzte, dem Motorenlärm entgegen. Die Graben-Erna hatte recht gehabt.

Es waren keine Panzer.

Siebenunddreißig

Er trat gegen die Tür. Sie konnte es deutlich hören. Die hölzernen Schläge, die bis herunter an ihre Ohren drangen. Deutlich war es hier in der Küche zu vernehmen, wo sie seit einiger Zeit ganz still saß. Dreimal immer und dann eine Pause, in der sie mitzählte. Wie beim Gewitter zwischen Blitz und Donner. Sie versuchte auch jetzt zu erkennen, ob es weiterzog oder näherkam. Ob er sich abfand mit seinem Schicksal. Eingesperrt in seinem Schlafzimmer von der eigenen Mutter. Sie atmete mit einem tiefen Seufzer aus, hinein in einen neuen Donner. Nur bis fünf war sie diesmal gekommen. Kürzer die Pause als die Male zuvor.

Aber die Tür war stark. Sie hielt ihm stand und er würde sich wieder beruhigen. Ganz bestimmt. Wenn seine Kraft nachließ. Sie hatte kurz überlegt, ob sie ihm ein Schüsselchen Mirabellen hinhalten sollte. Die Tür aufschließen und seinem unkontrollierbaren Zorn entgegentreten. Das war keine wirklich gute Idee. Zumal sie so etwas mit ihm noch nie durchgemacht hatte. Sein Fauchen ja, aber nicht sein aufgestauter Zorn, hinter der abgeschlossenen Schlafzimmertür. Daher hatte sie das Schüsselchen mit den Mirabellen auf einen Stuhl gestellt. Der Stuhl aus ihrem Schlafzimmer, der vor dem Waschtisch mit dem großen gebrochenen Spiegel stand. Sie hatte ihn sich herbeigeschafft, obwohl er schwer war und das weiße Porzellanschüsselchen mit den Mirabellen darauf postiert. Wenn es ihm gelang, die Tür einzutreten, dann besänftigte ihn der Anblick seiner Leibspeise vielleicht so weit, dass sie ihn im Zaum zu halten vermochte. Ein

Lied, das er aus Kindertagen kannte. Ihre sanfte Stimme dazu. Es war ein Versuch.

Sie faltete ihre Hände und sprach einen Vers. Es war fast dunkel um sie herum. Nur wenig Licht fiel durch die schmalen Ritzen der verschlossenen Klappläden hinein. Es fühlte sich an wie die Dämmerung, obwohl es Vormittag war. Sie müsste jetzt eigentlich irgendetwas vorbereiten für das Mittagessen. Möhren aus dem Keller holen. Aus dem Sandkübel, in dem sie eingeschlagen waren, um über einen ganzen Winter zu halten. Wühlen mit den Händen im kühlen Sand, der weder nass noch trocken war. So feucht wie der Keller und seine Luft, nach dem er auch roch.

Drei, vier mittlere Möhren, klein geschnitten, ein wenig Schmalz am Ende darüber. Sie hatte noch ein Töpfchen Fett vom Hasen übrig. Das schmeckte dann zumindest nach etwas. Mehr brauchte sie nicht. Etwas Warmes im Magen. Keine Mengen.

Es war länger still gewesen oben bei ihm. Jetzt trat er wieder gegen die Tür und heulte dazu wie ein Wolf. Aber nicht so laut, mehr leidend fast für sich. Das Winseln einer erschöpften Kreatur. Vielleicht hörte er gleich ganz auf damit.

Achtunddreißig

Er spürte die rundgefahrenen Steine des Pflasters unter seinen Füßen, während er weiterging. Die Bohnenstange mit dem weißen Leinenlaken hielt er weiter starr in die Höhe. So hoch, wie es sein rechter Arm zuließ. Er ging langsam, aber in gleichmäßigem Tempo auf der Straße aus dem Dorf hinaus. Einen Weg, den er wie keinen andern kannte und doch schmeckte er so ganz anders heute. Die kalte Luft des Vormittags. Das tote Gras und die Reben im Winterschlaf. Alles so wie immer, aber dennoch fühlte er ganz anders dabei. Ein Weg, den er hatte gehen wollen, weil es doch einer machen musste, um das Unheil abzuwenden. Es war so nahe gewesen und vielleicht hatte nur er es in diesem Moment spüren können. Das Gefühl der Gefahr. Die anderen waren blind gewesen dafür. So blind, obwohl doch sie viel mehr zu verlieren hatten. Der alte Mann und seine weiße Fahne. Langsam schritten sie voran auf der gepflasterten Straße. Sie warteten auf ihre Söhne und Männer, die noch kämpften oder selbst schon auf der Flucht waren. So still und leise, der Heimat entgegen. Deswegen hatten sie doch so viel mehr zu verlieren als er. Kein Dach mehr über dem Kopf, das sie schützte, während sie ihre Lieben in die Arme nahmen. Nur noch Schutt und Asche der ganze Besitz, der in den langen Jahren für den Mann oder Sohn im Feld unter größter Anstrengung erhalten wurde. Sie müssten doch alle neben ihm laufen. Hunderte Bohnenstangen und weiße Laken, dampfend voran durch den kalten Vormittag. Die Angst hielt sie und ließ sie starr im eigenen Keller sitzen. Still geflüsterte Verse, möge er sie schützen.

Er lief den Weg, den er immer zu seiner Frau gelaufen war. Als sie zwar schon verheiratet waren, aber noch nicht zusammen leben konnten, weil der Platz fehlte. Seine Schwester war noch nicht aus dem Haus, die Verlobung gerade erst geschlossen. Die Eltern noch in der kleinen Stube. Es gab einfach keinen Raum für sie. Mehr als ein Jahr lang war er fast jeden Tag über die Ebene gelaufen, im Sommer wie im Winter. Und fast immer war es zugig gewesen. Ein Kampf gegen den Wind, der über das flache Land fegte, die Reben tanzen ließ, ihre grünen Zweige, die sich in die Höhe streckten. Meistens hatte er noch kleine Regentropfen oder feinen Staub mit dabei. Selten nur gab er Ruhe. So wie heute. Die Stille, weil der Wind auch nicht recht wusste, wie er sich verhalten sollte. Obwohl er doch wechseln konnte zwischen ihnen und hier. Dort und da. Hin und her fegend.

Mal schauen, wie weit sie sind. Leicht bewegte er die Bohnenstange, um das Betttuch gut sichtbar zu machen. Nur, wenn sie ihn wirklich sahen, war das sinnvoll.

Saatkrähen pickten hüpfend zwischen den Reben gleich neben dem Weg. Sie gaben Laute des Widerspruchs von sich. In der Ferne kreiste ein Bussard. Hier herrschte nicht die Stille, die das Dorf fest umklammert hielt. Selbst die Hähne waren so dunkel weggesperrt, dass sie keinen Ton von sich zu geben wagten. Eine Stille wie um Mitternacht, in der nur das leise Flattern weißer Tücher und Laken zu vernehmen war.

Drei Lastwagen hielten auf ihn zu. Sie waren jetzt gar nicht mehr so weit von ihm entfernt. Ganz bestimmt hatten sie ihn schon gesehen. Langsam ließ er die Bohnenstange herabsinken. Wilhelm Janz wusste in diesem Moment schon, dass alles umsonst gewesen war.

Neununddreißig

Es war dunkel, aber anders als in der Nacht. Kaum Licht fand durch die engen Spalten der Klappläden herein, aber dennoch reichte es aus, um der Dunkelheit einen Hauch Tag mitzugeben. Nur die Farben gab es nicht zu den Dingen, die hier in der Stube um ihn herumstanden. Die braunen Polstermöbel, die er kurz vor dem Krieg gekauft hatte, waren grau. Auch grau, aber dunkler schimmerte das mächtige Büfett neben ihm. Es war ein Erbstück seiner Eltern. Polierte Fronten und reichlich feine Schnitzereien. Trauben und Ähren im Wechsel, als Band oben quer. Das war nicht zu erkennen in diesem Dämmerlicht. Ebenso wie die beiden Ölbilder links an der Wand. Zwei schwarze Flecken, denen aber seine Erinnerung ein wenig Kontrast beizumischen vermochte. Ein schwer beladener Karren, von zwei Ochsen gezogen. Der Bauer daneben ließ den Stock drohend über ihnen kreisen. Das zweite Bild zeigte stürmische See, hohe Wellen und weiße Gischt. In der Ferne war ein Licht zu erahnen, das zu einem Leuchtturm oder einem Schiff in größter Not gehörte. Er hatte ganz nahe schon davorstehend und mit einem Vergrößerungsglas ausgestattet das Geheimnis zu lüften versucht. Aber es war ihm nicht gelungen. Nur der Maler wusste es oder der Samuel Stern, aus dessen Haus die beiden Bilder stammten. Als der jüdische Weinhändler mit seiner Familie in die Stadt ziehen musste, war es hängen geblieben. Bevor es sich andere unter den Nagel reißen konnten, hatte er die beiden Bilder sichergestellt.

Heinrich Mengel konnte das Knacken des Küchenherdes bis

in die Stube hören, so still war es. Das Geräusch signalisierte, dass er sich von der Hitze langsam erholte. Am Ende hatte ein Teil der Platte um die kreisrunde Öffnung zart geglüht. Das Eisen leuchtete in mattem Orange unter den Flammen des letzten Jahrgangs des Völkischen Beobachters und der dünnen Akten der Ortsgruppe. Jetzt war nichts mehr da, drüben in dem kleinen Zimmerchen. Reichlich Staub, kleine leichte Knäuel, die bei jeder Bewegung im Raum sich ihren eigenen Weg suchten. *Hier muss dann mal gefegt werden. Später.* Lisbeths Worte, als sie nach dem Fotoalbum langte. Sein Mund schnappte dazu auf, aber es wollte kein Laut heraus. *Nein, nicht das!* Sie hätte doch nicht auf ihn gehört. Und er wusste, dass es richtig so war, wie sie es tat. Es waren die Parteifotos darin gewesen. Erste Aufnahmen aus dem Jahr 1926. Ein Gruppenfoto hier im Hof. Alle Mitglieder der Ortsgruppe. Versammelt und abgelichtet in der SA-Uniform. Mit dem Füllfederhalter hatte er akribisch alle Namen daruntergeschrieben und damit das Album begonnen. Zahlreiche Fotos und ebenso viele Zeitungsausschnitte. Kleine Fetzen manchmal nur, in denen ihre Ortsgruppe genannt wurde. Und in der Mitte ihr ganzer Stolz. Es war sogar in der Sonderbeilage des Völkischen Beobachters gewesen und hatte ihm so viele neidische Blicke eingebracht. Der Führer drückte ihm die Hand beim Reichsparteitag in Nürnberg 1937. Eine ausgewählte Schar Alter Kämpfer und er einer davon. Das Bild hatte er nur fünfmal eingeklebt, obwohl er allein damit ein ganzes Album hätte füllen können. In so vielen Zeitungen war es abgebildet gewesen. Noch jetzt fühlte er den Stolz und sein Herz schlug stärker beim Gedanken an diesen einen Moment, der viel zu schnell vorbei gewesen war. Ein kurzer Druck auf seine Finger, eine Hand, die sich ein wenig kühler als die seine anfühlte. Der Blick in diese Augen, die eine Entschlossenheit zeigten, wie er sie danach nie wieder gesehen hatte. Verbrannt war das alles. Aber die Erinnerung daran konnten sie ihm nicht nehmen, egal was kommen würde!

Lisbeths Schnaufen holte ihn aus seinen Gedanken und die Motorengeräusche, die gedämpft durch die Läden und die Fenster zu ihm drangen. Er atmete tief ein und spürte ein Zittern am Körper. Ihm war kalt, trotz der Hitze, die hier herrschen musste. Angst war es nicht, die er fühlte. Sie beide würde doch nichts an dem ändern, was auf sie zukam. Sie würden sich still verhalten, ganz ruhig und abwarten. Ein paar Tage niemanden hereinlassen und sich auch nicht da draußen zeigen. Vielleicht reichte es aus, sie nicht daran zu erinnern, dass man noch da war. Sich still wegducken und denen das Feld überlassen. Sie konnten doch nicht jeden Parteigenossen aufknüpfen, dann hätten sie einiges zu tun. Und in der Partei waren noch so viel mehr gewesen. Er kannte sie alle hier im Ort, die sie ihre Anträge bei ihm abgegeben hatten. Als Hitler zum Reichskanzler ernannt worden war, hatten sie ihm fast die Bude eingerannt. *Heinrich, leg ein gutes Wort für mich ein, dass sie mich doch noch aufnehmen. Bitte!* Er hatte für alle gute Worte eingelegt, bis der Aufnahmestopp kam. Die Liste der Parteigenossen war verbrannt, aber er wusste noch alle Namen. Junge Söhne und alte Mütter. Wenn sie jetzt mit ihren Fingern auf ihn zeigten, dann hatte er genug, um sich zu revanchieren. Er atmete laut aus. Es galt nur irgendwie die ersten Tage zu überstehen. Die ersten Tage in denen Mut Übermut gebar. Die meisten hatten ohnehin mit sich selbst genug zu tun. Nur der Janz würde hetzen gegen ihn. So wie vorhin schon. Er war gefährlich, weil er sich auch sonst schon nie wirklich gefügt hatte. Ganz still und leise vorneherum. Aber das andere hatte er doch auch mitbekommen. Der eine oder andere hatte es ihm zugetragen. Geflüstert hinter vorgehaltener Hand. Der Janz, immer wieder der Janz. Morgens, wenn der auf der Straße steht. *Der hetzt gegen dich an.* Der Janz konnte ihm gefährlich werden.

Und das Mädchen! Er spürte, dass sein Herz heftiger schlug. Es musste beerdigt werden jetzt, bevor das noch alles in die falsche Richtung lief. Der Pfarrer musste herbei. Er hatte ihr doch nichts angetan. Sie hatte es selbst gewollt und gar nicht geschrien, als er ihren Rock hochzog und sie an sich presste. Sie kannte ihn ja, er war oft beim Erwin gewesen. So viele Jahre. Sie hatte ganz stillgehalten und ihn machen lassen. Hinterher hatte er sie noch ermahnt, bloß das Maul zu halten. *Sonst lernst du mich kennen!* Mit dem Zeigefinger hatte er ihr ganz dicht vor den Augen gedroht. Und dann war er nach Hause. Sie lebte, als er von ihr ließ und ging. Er hatte sie nicht umgebracht. Was trieb sie sich auch um die Uhrzeit noch herum? Gerade erst siebzehn! Jetzt war sie tot und wenn ihn jemand mit ihr in den Gärten gesehen hatte, dann konnte das verdammt eng werden. Dann glaubten sie schnell nicht mehr an den Halben-Schorsch. Der musste ihnen nachgeschlichen sein, hinten in den Gärten, wo er ständig unterwegs war.

„Heinrich, sie sind da! Direkt vor unserem Haus halten sie. Sie haben den Janz dabei!"

Vierzig

Die Bilder, die seine Augen einfingen, drangen nicht bis zu ihm vor. Es waren nur Bilder ohne jede Bedeutung. Ein kühler Luftzug, der seinem Gesicht guttat. Angenehm fuhr er ihm auch durch die dünnen Haare auf seinem Kopf. Vielleicht bewegten sie sich im Wind, aber er spürte es nicht. Die Unebenheiten der Straße ließen ihn die Schultern neben sich spüren. Sie hielten ihn. Es war wie im Traum, sachte gepolstert. Schon die ganze Zeit, seit er mit ihnen auf dem Lastwagen fuhr. Um die Panzersperre herum und dann weiter auf der Straße in das Dorf hinein. Den Wall ließen sie hinter sich. Die Graben-Erna hatte die weiße Bettdecke schon längst hereingeholt und auch das Laken hing nicht mehr unter den Klappläden am Fenster daneben. Es war sonst niemand auf der Straße unterwegs. Nicht einmal ein Hund kläffte gegen den Lärm der Fahrzeuge an. Es waren nur sie, die für Geräusche sorgten, und die Hauswände, die sie zurückwarfen. Wilhelm Janz schloss die Augen. Er atmete leise und tief in sich hinein.

Einundvierzig

Sie zuckte zusammen, obwohl sie es doch eigentlich genauso erwartet hatte. Trotzdem reagierte ihr Körper erschrocken auf den Lärm. Vielleicht war es die Hoffnung gewesen, die sich gerade verkroch und sie zittern ließ. Sie faltete ihre Hände und krallte die Finger so fest ineinander, dass sie ganz weiß wurden.

Es hatte zuerst einen heftig lauten Schlag gegeben. Lauter als die Tritte zuvor, die er die Holztür hatte spüren lassen. Wahrscheinlich war er mit reichlich Anlauf dagegen angerannt. Das Geräusch von splitterndem Holz folgte dem ersten Krachen und kündigte seinen Erfolg an. Vielleicht war er schon heraus, vielleicht brauchte er noch den einen oder anderen Anlauf. Zu halten war er jedenfalls jetzt kaum noch und schon gar nicht von ihr. Ein altes gebeugtes Weib, das er nicht mehr als seine Mutter erkannte, die ihn geboren, gesäugt und großgezogen hatte.

Der Lärm der Lastwagen draußen auf der Straße vor ihrem Haus holte sie zurück aus dem Gebet, das sie vor sich hingebrummt hatte. Und die Stille dort oben. Es war Ruhe, obwohl Georg heraus sein musste aus seinem Zimmer, in das sie ihn eingeschlossen hatte. Ganz sicher waren es die Mirabellen, die sie ihm hingestellt hatte. Das Schälchen seiner Leibspeise, die ihn nun zu besänftigen schien. Es war ein Aufschub, ein paar Augenblicke nur, weil sie wusste, wie schnell er alles in sich hineinstopfte. Er kaute nur ein paarmal darauf herum, um die Kerne freizubekommen. Den Rest schluckte er hinunter. Früher hatte er nicht so gegessen. Es ging ihm nur darum, schnell möglichst viel in sich hineinzubekommen. Essen als notwendiges Übel, das es schleunigst hinter sich zu bringen galt, um sich wieder den entscheidenden Dingen zuwenden zu können. Dem Feind an der Front. Oder der Flucht hier hinaus. Und das musste sie verhindern. Für eine Zeit lang zumindest. Wenn sie mit ihren Panzern um das Dorf herum unterwegs waren würden sie ihm noch etwas antun. Vielleicht würde er sogar auf sie losgehen, weil er sich bedroht fühlte. Er durfte auf keinen Fall nach hinten hinaus in den Garten und zu den Feldscheunen, in denen er sich sonst verkroch.

Sie stand auf und schlich in den Flur. Es war ein Schmatzen, das sie zu hören glaubte. Aber es konnte auch etwas anderes gewesen sein. Vorsichtig zog sie die Haustür wieder hinter sich zu und lief mit eiligen Schritten über den Hof. Vor dem Pferdestall, in dem nur noch altes Gerümpel stand, lehnte der Besen. Sie griff danach und nahm ihn mit sich zum Scheunentor. Das Türchen war immer verriegelt, wenn sie nicht im Garten zu tun hatte. Sie drückte noch einmal fest gegen den Riegel, der sich ein klein wenig bewegte. Mit dem Besen in der Hand postierte sie sich davor. Hier würde sie ihn nicht durchlassen. Er durfte nicht in den Garten und auf die Felder hinter dem Wall, nicht jetzt. Vielleicht morgen wieder, wenn sie weitergezogen waren mit ihren Panzern.

Zweiundvierzig

„So viele Soldaten und der Janz dazwischen!" Abscheu sprach aus ihrer Stimme und Wut. Sie stand noch immer dicht an die Fensterscheibe gepresst, um zwischen den schmalen Spalten des Klappladens hinaus auf die Straße zu spähen. „Heinrich." Sie flüsterte jetzt noch leiser. „Die haben schwarze Uniformen wie unsere SS."

Mengel sprang auf zum Fenster und schob sie barsch zur Seite. *Weg da!* Er schnaufte gegen sein hämmerndes Herz. Ganz nahe drückte er sich an die Scheibe heran. Sein hektischer heißer Atem ließ die Fensterscheibe beschlagen. Ein vernebelter Blick nach draußen, durch den er nichts zu erkennen vermochte. Unendlich lange dauerte es, bis die Wärme hier drinnen den Dunst verzehrt hatte. Endlich freie Sicht durch den schmalen Spalt.

„Verdammt, du dummes Stück! Das sind unsere!"

Es war SS. Viele Männer in der dunklen feldgrauen Uniform. Direkt hier vor seinem Haus. Den Janz konnte er nicht erkennen. Wer weiß, wen Lisbeth da gesehen haben wollte?

„Die Verstärkung!" Es war wie ein Schrei aus ihm herausgekommen. Die Lautstärke ließ ihn selbst für einen kleinen Moment zusammenzucken. Er sah sie an. „Ich habe immer gewusst, dass sie uns hier nicht einfach so im Stich lassen werden." Sofort straffte sich sein Oberkörper. Er fühlte die Hitze, die angenehm wärmend in ihm aufstieg. Ihr Blick machte ihn zornig, weil sie seine Freude nicht erwiderte. Und weil ihm in diesem Moment bewusst wurde, wie unüberlegt er selbst sich verhalten hatte. Getrieben von ihrer Angst und ohne einen Fetzen Mut noch in sich, hatte er sie gewähren lassen. Die Suppe, die sie ihm eingebrockt hatte, musste er nun auslöffeln. Seine rechte Hand zitterte, als er sie in ihre Richtung ausfuhr. Sie war schon weg, noch bevor er nach ihr packen konnte. Sie rannte. Ihre schnellen Schritte konnte er auf der Treppe hören. Er folgte ihr schreiend in den Flur nach. „Und du hast meine Uniform verbrannt! Das büßt du mir!"

Er hörte, wie sie oben die Tür zuschlug und den Schlüssel im Schloss drehte. Sie hatte sich also ins Schlafzimmer geflüchtet, weil es nur dort ein funktionierendes Schloss gab. Die anderen Türen im oberen Stock hatten nur kleine Riegel und die klangen anders, wenn man sie zuschob. Mit einem weiteren Schritt war er durch den Flur und an der Treppe. Er würde jede Tür eintreten, um an sie zu kommen. Sie packen am Arm und die Tränen einzeln aus ihr herauspressen. So lange, bis sie keinen Japs mehr von sich zu geben vermochte. Aber nicht jetzt, wo sie vor seinem Tor standen.

Er rannte los. In die Küche. Auf dem Küchentisch. Im Hinauslaufen griff er nach seiner grünen Jacke, die er bei der Arbeit draußen auf den Äckern und im Weinberg immer trug. Eine andere hing nicht griffbereit. An die heftete er auf Brusthöhe links mit zitternden Fingern sein Goldenes Parteiabzeichen. Damit war er gerade fertig, als er das Hoftor erreichte. Mit der Rechten zog er das Türchen auf und schritt hinaus. In seine Brust hatte er tief Luft eingesogen, um sie mitsamt dem Abzeichen nach vorne zu drücken.

Es war SS. Drei Lastwagen. Mindestens zwanzig Mann. Schwer abzuschätzen, weil nur ein paar herunter waren und auf der Straße standen. Sie hatte doch recht gehabt. Der Janz stand zwischen ihnen. Er fühlte die Unsicherheit, die ihn schleichend ergriff. Was wollte der alte Hetzer mit denen? Versuchte er jetzt sogar die eigenen Leute gegen ihn aufzubringen? Er kam nicht viel weiter, weil sich nun einige zu ihm umdrehten. Augenpaare, die auf ihn gerichtet waren und eine Reaktion erwarteten. Vielleicht hätte er still und leise drinnen noch einen Moment ausharren sollen. Die Situation beobachten, um sich besser darauf einzustellen, was hier wirklich lief. *Hätte, hätte, es war zu spät!* Er stand mitten auf der Straße, in der Stille, die sich mit seinem Erscheinen eingestellt hatte. Seine Stille, die er nun irgendwie zu füllen hatte, ohne dass er wusste, was passiert war. Vielleicht das Mädchen und sie hielten wegen ihr hier direkt bei ihm. Es war der Blick im Gesicht des alten Janz, der ihm so viel Luft verschaffte, dass er wieder zu sich fand. Der Alte hatte keinen Blick mehr. Augen, die nirgendwohin sahen. Nicht reagierten, nichts suchten, nicht folgten. Keiner Bewegung.

Heinrich Mengel nahm all seinen Mut zusammen und ging mit gehobener Brust noch ein paar entschlossene Schritte auf die SS-Männer zu. Ein junges blasses Gesicht kam ihm entgegen. Er schien den Befehl über die Truppe hier zu haben. Kaum älter als neunzehn konnte er sein. Im Unterschied zu den anderen hatte er keinen Mantel an, trotz der Kälte. Nur die dunkelgraue Feldjacke, auf deren rechten Kragenspiegel die SS-Runen silbern glänzten. Er sah ihn aus lauernden Augen an und musterte ihn von oben bis unten. Mengel spürte die Hitze in seinem Gesicht, die sich bei dem Gedanken an seinen Aufzug verstärkte. Er musste ein mehr als lächerliches Bild abgeben, so wie er hier da stand. Die Beine in den blanken Stiefeln und der braunen Uniformhose. Darüber die grüne abgewetzte Feldjacke, an die er mit letzter Mühe das Abzeichen des Alten Kämpfers geheftet hatte. In einigen Gesichtern glaubte er schon ein Grinsen erkennen zu können. Für einen kleinen Moment blieb der Blick des SS-Mannes an seinem Goldenen Parteiabzeichen hängen, er fühlte es, bevor er wieder seine Augen fixierte. Mengel spürte, wie trocken sein Mund war. Eine Trockenheit, die es unmöglich machte, einen Ton herauszubekommen. Unendlich lange Sekunden, in denen sie sich wortlos gegenüberstanden. Anscheinend schien auch der junge SS-Mann nicht zu wissen, wie er anfangen sollte.

„SS-Scharführer Feldmann!" Er deutete einen knappen Hitlergruß mit der Rechten an. „Sie wissen als Parteigenosse sicher, was nach Befehl unseres Führers mit den Volksgenossen zu geschehen hat, die sich dem Feind nicht mutig entgegenstellen?" Seinem Blick suchte er etwas Bohrendes mit auf den Weg zu geben. „Das gilt insbesondere auch für die Führer der Partei vor Ort."

Mengel merkte, dass er schwitzte. In Strömen lief es ihm über die Wangen und auch den fleischigen Nacken hinunter. Und es war jetzt auch zu riechen. Die Angst, die in ihm umherzog. Mal in seiner Brust, dann wieder tiefer im Magen. Die Angst roch süßlich und sie kam unter seinen Armen hervor. Groß, mächtig und einnehmend. Er schnappte nach Luft und rang nach Worten, die ihm halfen. Heraus aus dieser Lage.

„Dieser Mann hier aus dem Dorf", er sah sich kurz um und suchte den Janz mit seinem Blick. „Dieser Mann ist uns mit einer weißen Fahne entgegengekommen." Er hielt kurz inne. „Und wir haben hier im Dorf noch mehr weiße Fahnen und Laken an den Fenstern gesehen."

Mengel schlug die Hacken knallend zusammen und versuchte, seinen Körper noch einmal straff aufzurichten.

„Heil Hitler! Heinrich Mengel!" Er schoss seinen rechten Arm stramm und steil nach oben. „Oberster Parteiführer hier am Ort!" Noch einmal sog er Luft in sich hinein, ohne dass ihm dadurch klarer wurde, was er sagen sollte. „Zusammen mit einer Wehrmachtseinheit hat ein Trupp aus dem Dorf unter meiner Führung gestern die beiden Ortseingänge mit Panzersperren befestigt." Wieder musste er schnaufen. Dabei sank er ein wenig in sich zusammen, um sich mit einem energischen Schub und reichlich frischer Luft in der Brust wieder aufzurichten. Strammer noch, als zuvor. „Für heute Morgen waren meine Männer, der Volkssturm hier aus dem Dorf, und ich zur Verteidigung der Stellung einbestellt worden. Als wir eintrafen, fanden wir die Stellung verwaist vor." Er spürte, dass seine Hand, die er noch immer gestreckt in die Höhe hielt, zu zittern begann. Langsam ließ er sie herabsinken. „Die Wehrmachtseinheit war weg, ohne dass wir neue Anweisungen bekommen hätten. Wir alten Männer haben dann beschlossen, unser Vieh zu füttern und uns für weitere Befehle bereitzuhalten!"

Der SS-Scharführer sah ihn weiter an. In seinem Gesicht zeichnete sich keine Veränderung ab. Er betrachtete ihn noch immer drohend und lauernd. „Wie kann es dann sein, Ortsgruppenführer, dass hier Betttücher gehisst werden und eine Person mit weißer Fahne vor Ihren Panzersperren aufmarschiert!" Er schnaubte ihm rauchigen Atem dampfend ins Gesicht. „Nach Verteidigung sieht das nicht aus!" Noch einmal pustete er ihm entgegen. „Ihn hier", er deutete mit dem Daumen hinter sich, „haben wir mitgenommen, um ihn zur Abschreckung vor seinem eigenen Haus aufzuhängen. Es stellt sich für mich jetzt und hier nur noch die Frage, ob er alleine hängt oder noch ein paar Verräter mit ihm!"

Mengel fühlte sich, als ob Hände ihm den Hals abdrückten. Er saugte pfeifend Luft an gegen den Widerstand.

„Sie haben mich bedroht." Er stieß die Worte stotternd aus seinem Mund. „Der da!" Er deutete auf den Janz. „Er hat vor meinem Haus gestanden und mich nicht mehr herausgelassen. Zusammen mit noch ein paar anderen. Dem Russen-Franz von gegenüber. Ich habe sie gehört. Sie wollten mir den Garaus machen, falls ich mich doch herauswage. Revolte gegen die Partei."

Weiter kam er nicht. Ein Schrei ließ ihn augenblicklich verstummen. Und auch die SS-Männer, die um den Janz standen, reckten ihre Köpfe.

„Der Halbe-Schorsch!" Der Mengel hatte das Gefühl, die Umklammerung um seinen Hals ließe ganz langsam ein wenig nach. „Den müsst ihr mit aufhängen! Der hat das Mädchen umgebracht, letzte Woche, sie war gerade siebzehn!" Mit seiner linken Hand deutete er ihnen die Richtung. „Hier zwei Häuser weiter, nicht weit vom Janz." Wieder war ein Schrei zu hören, dem noch weitere folgten. Durchdringende Töne. Die SS-Männer blickten abwartend auf ihren Scharführer. Der schien noch mit sich zu ringen. Unsicher, wie er mit der Situation fertig werden sollte.

„Wie ein Tier ist er über sie hergefallen. Nachts. Getötet hat er sie danach und nackt im Kirschbaum hinter dem Wall aufgehängt. Seither ist er verschwunden."

Der SS-Scharführer blickte sich suchend um. Sofort war einer seiner Männer bei ihm. Sie gingen ein paar Schritte zur Seite. Der Halbe-Schorsch brüllte wieder. Gedämpfter jetzt als noch davor.

„Zwei Mann mit ihm." Ein knapper Befehl. Zu dritt steuerten sie auf das Haus der alten Limbach zu, aus deren Hof wieder Schreie bis hinaus auf die Straße drangen. Der Scharführer drehte sich zum Rest seiner Truppe um. „Ein Trupp Marsch mit dem Gefangenen. Irgendwo wird sich ein Baum finden. Wir kommen nach, wenn wir den anderen haben."

Noch bevor Bewegung in die SS-Männer kam, stürzte die Frau vom alten Janz aus ihrem Tor. „Wilhelm, wo wollen sie hin mit dir?"

Einer der SS-Männer lief ihr entgegen und drängte sie mit dem Gewehr zurück. „Verschwinden Sie und halten Sie das Tor zu!" Schluchzend gab sie nach. Der alte Janz hatte nicht reagiert, nicht einmal in die Richtung seinen Kopf bewegt, aus der sie gerufen hatte.

Die SS-Männer drängten den Janz zum Lastwagen zurück. Mühsam stieg er hinauf. Einer schob ihn von hinten. Oben angekommen setzte er sich in die Reihe derer, die gar nicht abgestiegen waren. Still und leise, ohne Regung, als ob er nicht beteiligt wäre an all dem, was hier gerade passierte. Harte Schläge zeigten an, dass die drei SS-Männer das Hoftor der alten Limbach erreicht hatten. „Aufmachen! Sofort!"

Der SS-Scharführer kam wieder auf Mengel zu. Keinen Schritt hatte der gewagt sich zu entfernen. Er stand noch immer starr da. Jetzt nahm er wieder Haltung ein. Nass fühlte er sich, wie frisch gebadet, mit allen Kleidern, die er am Leibe trug. Dampfend aus der heißen Wanne herausgeholt und abgestellt. So, dass sich ganz langsam, aber stetig eine kleine Pfütze um ihn herum bildete. Im letzten Moment hatte er sich so weit unter Kontrolle, dass er nicht wirklich Wasser von sich ließ. Die Angst trieb es heraus, aber nicht viel.

Der SS-Sturmführer ließ seinen Blick wandern. Von ihm,

seinem Gesicht, weiter über die geschlossenen Läden seines Hauses, hinauf auf das Dach zum Schornstein. Er folgte ihm und drehte seinen Kopf, soweit wie es nur möglich war. Schwarzen Rauch schickte sein Schornstein in die Luft.

„Na, das sieht mir nach reichlich nassem Holz aus. Oder womit werden sonst noch im Haus des Ortsgruppenführers die Flammen gefüttert, dass sie solchen Rauch entwickeln?“

„Trockenes Holz haben wir keines mehr. Der Winter war lang und kalt.“ Jetzt stotterte er wieder. Hastige, viel zu schnelle Worte, die sich irgendwo auf dem Weg hinaus aus seinem Mund überschlugen. Ineinander verhakt und durcheinander kamen sie heraus. Einige davon auch mehrmals, schnell hintereinander. „Rebholz vom Frühjahrsschnitt kaum drei Wochen alt. Das ist es, was wir jetzt schon verbrennen müssen, um überhaupt ein wenig Wärme zu bekommen.“

Der SS-Mann grinste ihm lauernd ins Gesicht. Blond, blass und jung. Das E.K. I bewegte sich ganz leicht auf seiner linken Brust. Das Gebrüll und die Tritte nicht weit neben sich am Tor der Limbach hörte er kaum. „Machen Sie auf oder wir schlagen die Tür ein! Augenblicklich!“

Ruhe verschaffte ihm das nicht. Der SS-Scharführer schien Gefallen an ihm gefunden zu haben. Wie er vor ihm stand und sich schwitzend wand, um aus dieser Situation heil herauszukommen. Sein Spielzeug war er, mit dem er sich so lange beschäftigte, wie er hier auszuharren hatte. Die Angst des anderen als Kurzweil. Mengel spürte das Zittern seiner rechten Hand. Ein unregelmäßiger schneller Takt, in den auch die linke Hand einfiel. Ebenso unregelmäßige, abgehackte, knappe Bewegungen, die seinen gesamten Oberkörper in spürbare Vibration versetzten.

Der andere lächelte ihn weiter an und ließ dann seinen Blick wie beiläufig schweifen. Der Rundumblick des Reisenden, um die Schönheit der Landschaft zu erfassen, die er durchfuhr. Dann kamen seine Augen wieder bei ihm an und sein Mund öffnete sich, um Worte hervorzubringen. „Wo ist eigentlich Ihre Parteiuniform?“ Er ließ seine Augen wieder wandern, über seine Brust. „Ihr Aufzug sieht mir doch ein wenig kläglich aus für einen Ortsgruppenführer der NSDAP, gerade dann, wenn er doch ein altgedienter Kämpfer der Partei ist.“ Mit einem Lächeln auf den Lippen war der Blick im rechten Moment wieder in seinem Gesicht angekommen, um seine notdürftige Antwort zu erwarten. Das nächste Winden des glitschigen Aals, der längst schon im Netz hing. Nur bemerkt hatte er es noch nicht.

„Beim Bau der Panzersperren hat die Jacke einen Riss bekommen. Im Einsatz für Führer, Volk und Vaterland!“

Er spürte, dass es in diesem Moment heiß an seinen Schenkeln hinunterlief.

Dreiundvierzig

Die donnernden Schläge am Hoftor ließen sie zur Besinnung kommen. Mehrmals hatte sie ihn schon mit dem Reisigbesen kräftig zurückgeworfen. Die rund um den Stiel gebundenen biegsamen Äste stieß sie in seine Richtung. Wenn sie ihn damit auf der Brust traf, sprang er ein paar Schritte zurück. Er schrie dann spitz. Töne, die ihr in den Ohren Schmerzen bereiteten und summend nachklangen für ein paar lange Sekunden. Danach tippelte er unruhig vom einen auf den anderen Fuß. Einem Boxer gleich, der bereit war auszuweichen vor den nächsten Schlägen. Drohend ließ sie dann den Besen in die Luft fahren und noch mal. „Junge, werde doch vernünftig." Sie flüsterte schwer atmend. Er musste es hören, weil sie ja alleine hier im Hof standen und es so ruhig war zwischen seinen Schreien. „Nur heute musst du hierbleiben. Morgen kannst du wieder raus in die Gärten und auch in die Scheunen. Beruhige dich doch!"

Die Schläge auf das Hoftor ließen sie augenblicklich verstummen. Es musste wegen seiner Schreie gewesen sein. Die fremden Soldaten nur konnten es sein, die schon im Dorf waren oder die Nachbarn, die die Neugier antrieb. *Warum schreit er denn wieder, der Halbe-Schorsch.* Deswegen waren sie schon öfter hier gewesen. Neugier, gut verpackt in falscher Hilfsbereitschaft. *Wir wollten nur mal nachsehen, ob wir helfen sollen. Er hat so geschrien.* Hinter dem Vordersten hatten sie sich in die Höhe geschoben, um durch den Spalt, den sie das Tor aufgezogen hatte, irgendetwas Grausiges einzufangen. Etwas, was für die Mühe entlohnte, die es gekostet hatte, herüberzukommen. Helfen wollten sie ja doch nicht wirklich. Nur gaffen. Und das jetzt auch wieder. Wenn sie das Türchen öffnete, wäre er weg. Hier hinten hinaus durch die Scheune in eiligen humpelnden Schritten. Deswegen blieb sie still stehen. Den Besen hielt sie drohend erhoben. Aber sie stieß ihn nicht mehr in seine Richtung. Er stand jetzt ruhig da und sah sie aus großen Augen an. Auch er erschrocken von dem Lärm am Hoftor. Neue Schläge setzte es dort. Und Stimmen dazu, dunkler und gedämpfter vom Holz, durch das sie hindurchmussten. „Aufmachen! Sofort, oder wir treten die Tür ein!" Es waren unbekannte Stimmen, nicht die ihrer Nachbarn. Wenn sie draußen auf der Straße redeten oder laut nebenan in ihren Höfen. Es waren andere Stimmen, die böse klangen. Sie ließ den Besen sinken. Ihr Georg sah sie still an. Die Erregung ließ sein rechtes Auge blinzeln. Unruhige Bewegungen, während er dastand und sie beobachtete. Seine Augen waren zuerst dem Besen gefolgt. Als für ihn klar war, dass davon im Moment keine Gefahr mehr auszugehen schien, blickte er ihr wieder direkt ins Gesicht. Aus einem großen ruhigen und einem hektisch blinzelnden Auge. Es waren jetzt Fußtritte, unter denen das Tor bebte. Lange würden sie nicht mehr warten, bevor sie das Holz eintraten.

Erst jetzt erkannte sie, was er in seiner unversehrten linken Hand hielt. Es war ein Unterhemd. Das weiße Unterhemd einer Frau. Sie schluckte. Es konnte nur von ihr sein, so nackt, wie sie sie gefunden hatten. Das Oberhemd der Lore vom Chaussee-Erwin. Er hatte die Kleider der Toten und sie alle hatten recht. Ihr Sohn der Mörder des Mädchens. Sie trat zur Seite und gab das Scheunentor kampflos frei. Ungläubig blickte er sie an. Er tänzelte wieder. Geduckt schob er sich in kleinen Schrittchen zum Scheunentürchen. Den Riegel drückte er mit seinem rechten Stumpf auf. In dem Moment, in dem er in der Scheune verschwand, traten sie am Hoftor die Tür ein. Splitternd riss sie aus den Angeln und schlug donnernd auf dem Pflaster auf.

Mit dem Besen bewaffnet stellte sie sich vor das offene Scheunentürchen. Die drei SS-Männer stürmten auf sie zu. Die beiden vorderen hielten Gewehre in der Hand, der dritte eine Pistole. Drohend stieß sie die krummen langen Borsten in die Luft und gab ein knurrendes Geräusch von sich.

„Weg, hinaus mit euch!" Sie konnte hören, dass er hinten das kleine Tor zum Garten aufzog. Es war krumm und schleifte unten auf dem Sandsteintritt. Dabei gab das Holz gefährlich knackende Laute von sich. Wahrscheinlich würde es ihr irgendwann einmal zerbrochen entgegenfallen, wenn sie wieder mit ihrem gesamten Gewicht daran hing, um hinauszukommen. Er hatte es geschafft und mühte sich nun, das Tor wieder zuzuziehen. *Warum denn nur, Junge?* Eine Stimme in ihr flehte, dass er doch lief. Immer zog er das schiefe Tor wieder zu, damit bloß keiner merkte, dass er hereingekommen war. Jetzt war Ruhe hinter ihr in der Scheune.

„Verschwinden Sie, sofort!" Die drei standen jetzt vor ihr. Die Pistole war direkt auf sie gerichtet. Noch einmal grollte sie in die Richtung der drei und stieß ihnen den Besen entgegen.

„Hier habt ihr nichts zu holen, verschwindet!"

„Wo ist er?"

„Lasst ihn!" Noch einmal fuchtelte sie mit dem Besen in der Luft herum. Dann fehlte die Kraft für mehr. Sie ließ den Besen sinken. „Er kann nichts dafür. Es ist die Kugel, die sie ihm in Russland in den Kopf geschossen haben." Sie schluchzte. Der Vordere der SS-Männer schob sie beiseite. Zusammen stürmten sie in die dunkle Scheune. Sie konnte die SS-Männer hören, wie sie sich am Tor zu schaffen machten und es mit einem kräftigen Zug aufhatten. Schritte waren noch nicht zu vernehmen. Sie schienen noch in der Scheune zu stehen, dort, wo es ein paar Stufen hinaufging in den Garten. Flüsternd waren ihre Stimmen zu hören.

„Sollen wir hinterher?"

„Der Feldmann will es so!"

„Aber wir haben doch kaum noch Zeit."

„Sollen wir zurück. Er war nicht zu finden? Meinst du er glaubt uns das."

„Er will, dass wir ihn holen!"

„Und dann laufen wir mit ihm zusammen den Amis in die Arme? Wir müssen zurück zu den Lastwagen. Die können jeden Moment hier sein."

„Genau. Wenn wir dem jetzt weiter nachrennen, dann sind wir vielleicht nachher alleine hier."

„Das glaubst du selbst nicht. Der Feldmann ist so verbohrt. Der wartet hier und lässt sich lieber von den Amis umlegen. Wenn wir den nicht mitbringen, dann schickt er uns gleich noch einmal los. Wirst es sehen!"

„Also hinterher?"

Für einen Moment herrschte Stille. Oder sie flüsterten jetzt noch leiser, sodass sie nichts mehr verstehen konnte. Hoffentlich hielt er still. Sicher kauerte er irgendwo dort oben hinter einem Strauch. Für einen Moment, um wieder Mut zu sammeln und ihnen dann entgegenzustürmen. Schreiend. Nein! Lange hielt er es doch nicht in einem Versteck aus.

Schüsse zerfetzten die Stille. Vier, fünf, sechs. Noch mehr. Dort hinten in ihrem Garten. Sie schrie, obwohl sie wusste, dass alles sinnlos war. Noch einmal eine Salve. Schnelle Schüsse hintereinander. Das Kreischen einer Krähe dazu. Sie sank auf die Knie und wimmerte. Die drei SS-Männer kamen an ihr vorbei. Den Geruch ihrer vielen Schüsse brachten sie mit. Schnelle Schritte konnte sie dazu hören, die auf dem Pflaster ihres Hofes erklangen. Die Hand, die sie auf ihrem Rücken spürte, ließ sie aufschrecken. Durch den Schleier vor ihren Augen erkannte sie die schwarzen Stiefel.

„Mütterchen, bleib noch ein wenig hier sitzen und geh dann hinter in den Garten, um ihn zu suchen."

Der Druck auf ihrem Rücken ließ nach. Die Beine waren verschwunden.

Vierundvierzig

Die Schüsse zauberten ihm ein zufriedenes Grinsen aufs Gesicht. Er nickte zweimal und drehte sich dann kurz um. Hinter dem Lastwagen, dessen Motor lief, standen noch drei SS-Männer. Die anderen beiden Fahrzeuge waren längst weg.

„Aufsitzen! Wir können weiter."

Heinrich Mengel drückte für einen kleinen Moment die Augen fest zu. Schwarze Dunkelheit, die doch nicht schützte. Er konnte den Blick des SS-Scharführers wieder auf sich spüren. Sofort riss er seine Augenlider in die Höhe. Er hörte jetzt Schritte neben sich. Die drei, die aus dem Hof der Limbach kamen. Er nickte seinen Männern zu.

„Saubere Arbeit! Das ist die Entschlossenheit, die der Reichsführer von uns erwartet!" Die drei folgten mit schnellen Schritten auf die Pritsche des Lastwagens.

„Jetzt stellt sich nur noch die Frage, was mit unserem Parteigenossen hier passiert." Er pustete ihm genüsslich warme Luft ins Gesicht. „Ich verspüre rechte Lust, ihn auch baumeln zu sehen." Wieder hielt er inne, um ihm noch einmal Atem in sein Gesicht zu schicken. Es roch nach Rauch und Mensch. Weder gut noch schlecht. „Weil er nämlich eines von diesen feigen Schweinen ist, die nur ihre eigene Haut zu retten suchen."

„SS-Scharführer, wir müssen los!"

Mit einer kurzen Bewegung seiner rechten Hand wehrte er den Rufer ab. „Vielleicht sollten wir eine Münze bemühen." Seine rechte Hand kramte in der Tasche der dunkelgrauen Uniformhose. „Der Herr Ortsbauernführer wirft sie dann in die

Höhe." Jetzt hielt er ihm die blanke Münze auf der flachen Hand direkt unter die Nase. „Liegt das Bild Hindenburgs oben, dann gehorchen wir dem Befehl unseres Führers und nehmen ihn mit. Bei Adler und Zahl hat er seine Freiheit zurück und kann wieder nach drinnen, um auch noch seine Uniformhose und die blanken Stiefel dem Feuer zu übergeben."

Er hatte die Münze jetzt zwischen Daumen und Zeigefinger und führte sie ganz nahe an Mengels Nase heran. Nur noch verschwommen konnte er die Umrisse erkennen. Seine Hände verweigerten den Dienst. Sie zitterten und gehorchten nicht. Unfähig sie zu bewegen, stand er da. Er wusste nicht mal mehr, ob er noch atmete.

„Na, worauf wartet er denn noch? Oder hat er sich schon dafür entschieden, gleich mitzukommen. Er wäre der Erste, der die ihm gebotene faire Chance nicht nutzen würde. Draußen im Felde, an der Front, ist die Chance zu überleben oft weit geringer. Da ist es doch nur gerecht, wenn er hier auch einmal einen, wenn auch bescheidenen Einsatz bringt."

„Scharführer! Wir müssen! Sie können jeden Moment hier sein!"

„Verdammt, greif endlich zu!" Er hatte es in sein Gesicht gebrüllt. Winzige Tröpfchen Spucke waren dabei auf seiner glühenden Haut gelandet. Der Schweiß nahm sie mit. Sie verbanden sich mit den schmalen Rinnsalen, die überall an ihm hinunterliefen. Mit der ganzen Hand griff er nach der Münze vor seiner Nase. Ein sanftes Lächeln zauberte das wieder auf das Gesicht des blonden Jungen, der ihm gegenüberstand.

„Fein gemacht. Und nun werfen, damit wir zusammen nachsehen können."

Zitternd drehte er seine Hand, in der das Metall drückte.

Er zwang seine Finger dazu, die Faust zu lösen. Sie schnellten auseinander. In langsamen stockenden Bildern konnte er die rotierende Münze erkennen. Sie drehte sich mehrmals um die eigene Achse, ohne nach unten zu fallen. Gleichmäßige Drehungen, wie mühsam einstudiert. Sein Kunststück hier. Die Münze, die sich drehen, aber nicht nach unten fallen wollte. Während er sie weiter in Bewegung direkt vor seinen Augen erkennen konnte, fingen seine Ohren bereits den Klang des Aufpralls ein.

„Bravo." Er klatschte direkt vor seinem Gesicht in die Hände. „Jetzt haben wir endlich ein rechtskräftiges Urteil im Fall Mengel. Das hat aber gedauert." Sein Blick wanderte an ihm hinunter. Mengel zitterte, unfähig seinen Körper zu rühren, schloss er die Augen. Eine Dunkelheit, von der er sich wünschte, sie wäre überall. So schwarz, dass ihn keiner mehr sehen konnte. Unsichtbar für sie und ihn.

„Pfui! Was für ein Schwein ist er doch, der Herr Ortsbauernführer!"

Er behielt die Augen geschlossen. Fest drückte er die Lider zu. Er hörte harte Ledersohlen auf glattem Kopfsteinpflaster. Ein Getriebe krachte und ein Motor heulte laut auf. Er spürte den Luftzug im Gesicht, den der anfahrende Lastwagen vor sich herschob. Als der Motorenlärm längst verklungen war, gelang es ihm, die Augen langsam zu öffnen. Er sah an sich hinunter. Er stand in einem kleinen flachen See. Einer Pfütze doch nur, aus der er als Insel steil herausragte. Die Münze ruhte direkt vor seinen Füßen im See. Auch von hier oben konnte er erkennen, dass Hindenburg obenauf lag.

Fünfundvierzig

Ihr Schlafzimmer hatte Fenster nach vorne auf die Straße und nach hinten auf den Hof. Die dröhnenden Motoren der Lastwagen hatte sie gut hören können auch durch die Klappläden hindurch. Die drei Fahrzeuge machten einen solchen Lärm, dass sogar ein paar Scheiben der Speichenfenster im harten Kitt klapperten. Nacheinander waren sie abgefahren und hatten alles hier wieder der Stille überlassen. Sie hatte die Zeit genutzt, die sie hier alleine und ungestört war, um vorsichtig die Tür ihres Schlafzimmers aufzuschließen. Er war sicher draußen, wo ja seine SS einmarschiert war. Bestimmt glaubte er wieder, dass sie nur gekommen waren, um ihn alleine zu schützen, vor den Amerikanern und ihren Panzern. Sollte er es doch glauben! Solange er weg war, hatte sie zumindest Ruhe vor ihm und musste nicht befürchten, dass er sie bedrohte und schlug. Diesmal würde er sie nicht nur am Arm packen und so lange den Druck erhöhen, bis ihr die Tränen kamen. Diesmal würde er zuschlagen, weil sie seine Uniformjacke verbrannt hatte. Obwohl er es doch hätte verhindern können. Er hätte es alles verhindern können, auch dass sie die Zeitungen den Flammen zum Fraß vorgeworfen hatte. Daneben hatte er gestanden. Dumpf, sich in sein Schicksal gefügt, weil doch alles vorüber war. Er nicht mehr der starke Mann hier, vor dem sie alle kuschten.

Als der erste Schuss fiel, hatte sie geglaubt, er hätte ihm gegolten. Aber das war doch nur ein Quäntchen Hoffnung gewesen in diesem einen Moment. Der Schuss und die, die ihm noch folgten waren viel zu weit entfernt gewesen. Irgendwo hinter den Scheunen und gar nicht vorne auf der Straße. Und dann hatte sie ja auch wieder seine Stimme hören können. Ganz kurz, aber deutlich, weil da nur noch ein Lastwagen vor dem Haus Lärm verbreitete.

Beachtung hatte sie dem nicht wirklich geschenkt, nicht einmal durch die Lücken zwischen den Läden hatte sie gelinst. Sie brauchte die Zeit, die sie allein ohne ihn hatte. Mochten doch die SS-Männer da draußen ihn noch eine Weile beschäftigen. Vielleicht nahmen sie ihn ja sogar mit. Seine ganz persönliche Schutztruppe, die ihn in Sicherheit brachte. Und den Janz, aber das passte nicht zusammen. Nicht die beiden.

Sie war vorsichtig über den Flur geschlichen. Barfuß, um noch leiser sein zu können. Die Koffer lagen auf dem Dachboden. Eingepackt in altes ausrangiertes Bettzeug. Kopfkissenbezüge für die kleinen und Bettdeckenbezüge für die großen Koffer. Oben waren sie mit einem Strick zusammengebunden und daran am Gebälk des Dachstuhls aufgehängt. Alles hing hier oben in langen Reihen, um es vor den allgegenwärtigen Mäusen zu schützen. Sie fraßen sich ansonsten über den Winter in alles tief hinein. In alte Bettkeile, wie eben auch in die Koffer, die ohnehin nur selten in Benutzung waren. Acht Jahre war es her, dass sie zuletzt abgehängt worden waren. Ihr Mann und sie auf dem Weg zum Reichsparteitag 1937 nach Nürnberg, wo er zu den alten Parteigenossen gehörte, die Hitler die Hand schütteln durften. Ganz kurz nur, ein kleiner Moment, der ihn über Monate groß machte. Gelaufen ist er danach wie sein Führer und hat vor dem Spiegel geübt. Der Hitler-Gruß, so wie ihn der Führer selbst machte. Nicht stramm und mit den Hacken zusammengeschlagen, sondern mit angewinkeltem Arm und fast locker beiläufig. Nach ein paar Wochen war er wieder ins

Stramme zurückverfallen. Den Arm in die Höhe geschleudert, die Augen starr nach vorne. Vor allem, wenn sein Gegenüber der Kreisleiter war.

In den kleinen Koffer hatte sie aus dem großen Kleiderschrank im Schlafzimmer alles hineingeschleudert, was ihr in den Blick kam. So lange, bis auch der letzte der drei Lastwagen losfuhr. Die Tür hatte sie da schon längst wieder fest verschlossen. Jetzt bewegte sie sich vorsichtig und setzte ganz sachte ihre nackten Füße auf den Dielen auf. Das Türchen im Hoftor konnte sie hören und auch die Schritte auf dem Pflaster. Ob es seine waren, vermochte sie nicht zu sagen. Daher schlich sie vorsichtig zum Fenster, das in den Hof ging. Hier standen die Klappläden offen. Sie hielt Abstand und spähte durch die Gardine. Er war es, der langsam in Richtung Scheune ging. Die Feldjacke hatte sich ihr Mann übergezogen. Er sah seltsam aus damit. Ein halber Ortsgruppenleiter. Nur noch seine Beine, während der Rumpf schon wieder Bauer war. Er lief seltsam. Wenn sie nicht gewusst hätte, dass er es war, wäre sie darüber ins Grübeln geraten. Unsicher setzte er die Schritte. Kein Humpeln, aber auch nicht der feste Schritt, mit dem er sonst unterwegs war und der seinen ganz eigenen Klang auf dem Pflaster erzeugte. Sie wich einen Schritt zurück, weil er unten im Hof auch eine Bewegung vollführte. Er drehte sich einmal kurz um die eigene Achse, als ob er sich umsah. Unsicher, wo er war oder wer ihm folgte. Aber er blieb alleine dort unten und wandte sich dem Scheunentürchen zu. Kurz darauf war er in der Scheune verschwunden. Sie blieb in sicherem Abstand von der Gardine stehen. Solange er dort unten hantierte, konnte sie doch nicht in Ruhe weitermachen. Sie musste wissen, wann er wieder heraufstürmen würde. Zur Not konnte sie immer noch den Waschtisch vor die Tür schieben. Hier hinein würde sie ihn auf gar keinen Fall lassen. Da musste er sie schon umbringen.

Er schob das alte Fahrrad heraus. Die Speichen und den schwarzen Gummi des Vorderrades hatte sie zuerst erkennen können. Dann folgten er und der Rest. Dem Gefährt konnte man ansehen, dass es schon seit etlichen Jahren nicht mehr in Benutzung gewesen war. Sie konnte nicht einmal sagen, aus welcher Ecke der Scheune er es herbeigeholt hatte. Ohne seinen Blick noch einmal zu heben, verschwand er langsam aus ihrem Sichtfeld. Das Türchen im Hoftor ging knarrend auf, aber nicht wieder zu. Mit ein paar schnellen leisen Schritten war sie durch das Zimmer und versuchte, ihn auf der Straße in den Blick zu bekommen. Der durch die schmalen Ritzen des Ladens stark eingeschränkte Sichtwinkel machte das aber unmöglich. Keine Ahnung, ob er nach links oder rechts aus dem Tor hinaus war. Es war ihr in diesem Moment auch egal und mehr eine Neugier aus Gewohnheit. Wenn er wiederkam, würde sie fort sein. Jetzt war ausreichend Zeit, den Koffer zu Ende zu packen. Sie zog ihn wieder unter dem Bett hervor und warf noch ein paar Sachen aus ihrem Kleiderschrank hinein. Wahllos Weißes und Buntes, bis er voll war. Es spielte doch keine Rolle, was sie mitnahm. Sie war sich nämlich jetzt schon sicher, dass sie zu Hause bei ihren Eltern nichts länger als notwendig anziehen würde, was sie an diesen Ort hier und Heinrich Mengel erinnerte.

Sechsundvierzig

Das Vibrieren der schweren Panzer konnte er spüren. Es war ein sonores Brummen, das er in seinem Magen fühlte. Oder vielleicht auch in den Därmen. Irgendwo dort drinnen eben ließ es alles erzittern. Wo sie waren, wusste er nicht. Das Fahrrad ächzte schwer unter ihm. Die Pedale begleiteten jede Umdrehung mit einem Knacken. Sein gleichmäßiger Takt, den er noch um einiges beschleunigen würde, wenn er erst einmal auf dem besseren Pflaster hinter dem Wall angelangt war. Von da ab bis zur Stadt fuhr es sich bestimmt leichter. Über die große weite Ebene, keine Steigung auf glatten Steinen. Er auf seinem staubigen Gefährt, dessen Hartgummireifen jede Lücke zwischen den Steinen unbarmherzig an ihn weitergaben. Heinrich Mengel spürte das nicht, nur den Drang zu fahren, um Distanz zu schaffen. Weg von diesem Ort. Eintauchen in eine andere neue Welt, die ihn nicht kannte. Sein Gesicht nicht, seinen Gang und seine Vergangenheit. Er wusste, dass er unter ihren Blicken nicht weiterleben konnte. Jeden Tag so viele Augenpaare, aus denen er Verachtung und Abscheu würde herauslesen können. Wenn sie ihn nicht sofort umbrachten, dann würden sie ihn auf diese Weise über die Jahre grausam töten. In der Scheune vorhin hatte er mit sich gerungen. Die Leine hatte er schon in der Hand gehalten und sie dann doch zur Seite geworfen, als er das Fahrrad sah. Er konnte sich nicht aufhängen hier, es war doch noch so viel Leben in ihm. Gerade jetzt, wo sie ihn noch einmal hatten laufen lassen.

Er schnaufte vor sich hin, während er die letzten Häuser des

Dorfes und die Panzersperre erreichte. Die kühlende Nässe des Schweißes auf seinem Körper tat gut. Ein Fisch wäre er gerne, der mit einem kräftigen Flossenschlag in der Tiefe verschwand. Eingetaucht in die Weite eines Meeres. Ganz eins mit dem Wasser um ihn herum, von dem er sich kaum unterscheiden würde. Auch er würde eintauchen in eine Umgebung, die ihn schluckte. In der sie mit ihren Panzern an ihm vorbeizogen und ihn gar nicht beachteten. Zwischen den Trümmern der Häuser würde er stehen wie andere auch. Und dann weiterfahren auf seinem staubigen Fahrrad in die nächste Stadt oder die übernächste. Immer würde er eintauchen in die Tiefe, die sie ihm anbot. Und dort bleiben für immer.

Der alte Janz hing am ersten der vielen schiefen Apfelbäume, die entlang der Straße hinter dem Wall standen. Er lächelte ihn zum Abschied an.

Siebenundvierzig

Ganz leise summte er eine unbestimmte Melodie vor sich hin. Ein paar Töne, die irgendwie hintereinander gehörten. Dann wieder ein paar andere ohne Zusammenhang. Es gab dann aber doch immer einen Sinn. Das kleine Liedchen und das Brummen, das es in seinem Kopf erzeugte. Es tat ihm wohl und ließ wärmende Zufriedenheit durch seinen Körper strömen. Mit dem Stumpf drückte er sachte auf seine rechte Brust. Unter der Jacke an dieser Stelle ruhte sie. Sie brauchte die Wärme dort und die Ruhe, weil sie ja sonst kein Zuhause besaßen. In der Feldscheune lag sein Widersacher und aus dem Haus hatte seine eigene Mutter sie beide mit dem Besen vertrieben. Seit sie zu ihm gekommen war, jagten und verfolgten sie ihn unerbittlich. Die Hatz galt ihr und nur bei ihm war sie sicher. Noch einmal drückte er sie leicht an sich. Sollte sie doch ruhig noch ein wenig schlafen, während er weitersuchte. Es würde sich schon ein Plätzchen für sie beide finden lassen.

Mit seiner linken Hand tastete er sich vorsichtig in die Jackentasche vor. Es fühlte sich feucht und weich an, was seine Fingerspitzen entdeckten. Vorsichtig hielt er es zwischen Zeigefinger und Daumen fest. Langsam zog er seine Hand wieder heraus. Gelb und rund war sie. Er führte sie sich direkt unter die Nase und atmete tief ein. Der vertraute Geruch, in dem er schon die Süße und das Aroma schmecken konnte. Er würde sie sich gut einteilen müssen, die Mirabellen, die noch in seiner Jackentasche steckten. Es waren die letzten.

Achtundvierzig

Am 24. Juni 1945 verhaftete die Polizei in Osnabrück einen jungen Mann. Oskar Becker stand im Verdacht, in den letzten Kriegswochen als Soldat auf der Flucht vor den Westalliierten mehrere junge Frauen grausam umgebracht zu haben. Dem Tatverdächtigen wurde der Prozess gemacht. Am 14. Juli 1945 starb er durch den Strang. Bis zu seinem Tod bestritt er, für die Morde verantwortlich zu sein.

Der Autor

Dr. Andreas Wagner, Jg. 1974, ist Winzer, Historiker und Autor. Er hat 2002 mit einer Arbeit zur Machtübernahme der Nationalsozialisten promoviert und weitere wissenschaftliche Veröffentlichungen zum Nationalsozialismus und zur Weinbaugeschichte publiziert. Seit 2002 führt er das von den Eltern übernommene Weingut in Essenheim zusammen mit seinen beiden Brüdern. Er ist verheiratet und hat vier Kinder.

Andreas Wagner – die Kendzierski-Krimis:

1. *Herbstblut*. Ein Weinkrimi: Jetzt als Piper-Taschenbuch erhältlich!

2. *Abgefüllt*. Ein Weinkrimi, ISBN 978-3-937782-85-0, 232 S., Broschur, 10.90 €

3. *Gebrannt*. Ein Weinkrimi aus Rheinhessen, ISBN 978-3-937782-85-0, 232 S., Broschur, 10.90 €

4. *Letzter Abstich*. Ein Weinkrimi
ISBN 978-3-942291-08-8, 208 S., Broschur, 9.90 €

5. *Hochzeitswein,* ISBN 978-3-942291-21-7, 216 S., Broschur, 9.90 €

6. *Schlachtfest,* ISBN 978-3-942291-41-5, 220 S., Broschur, 9.90 €

7. *Vatertag,* ISBN 978-3-942291-83-5, 256 S. , Broschur, 9,90

Weitere Bücher von Andreas Wagner:
Auslese feinherb.
Vier Kurzkrimis, ISBN 978-3-942291-15-6, 104 S., Broschur, 6.50 €
Landeier. Frankys Traktortrip durch die Provinz,
ISBN 978-3-937782-85-0, 232 S., Broschur, 14.90 €